컨트롤러
Controller

FUSION FANTASTIC STORY

건(建) 장편 소설

컨트롤러 5

건(健) 장편 소설

초판 1쇄 찍은 날 § 2014년 9월 2일
초판 1쇄 펴낸 날 § 2014년 9월 10일

지은이 § 건(健)
펴낸이 § 서경석

편집부장 § 권태완
편집책임 § 한준만
디자인 § 이거일

펴낸곳 § 도서출판 청어람
등록번호 § 제387-1999-000006호
등록일자 § 1999. 5. 31
어람번호 § 제1-1929호

주소 § 경기도 부천시 원미구 부일로 483번길 40 서경B/D 3F (우) 420-822
전화 § 032-656-4452 팩스 § 032-656-4453
http://www.chungeoram.com
E-mail § chungeorambook@daum.net

ⓒ 건(健), 2014

ISBN 979-11-316-9189-2 04810
ISBN 978-89-251-3726-1 (세트)

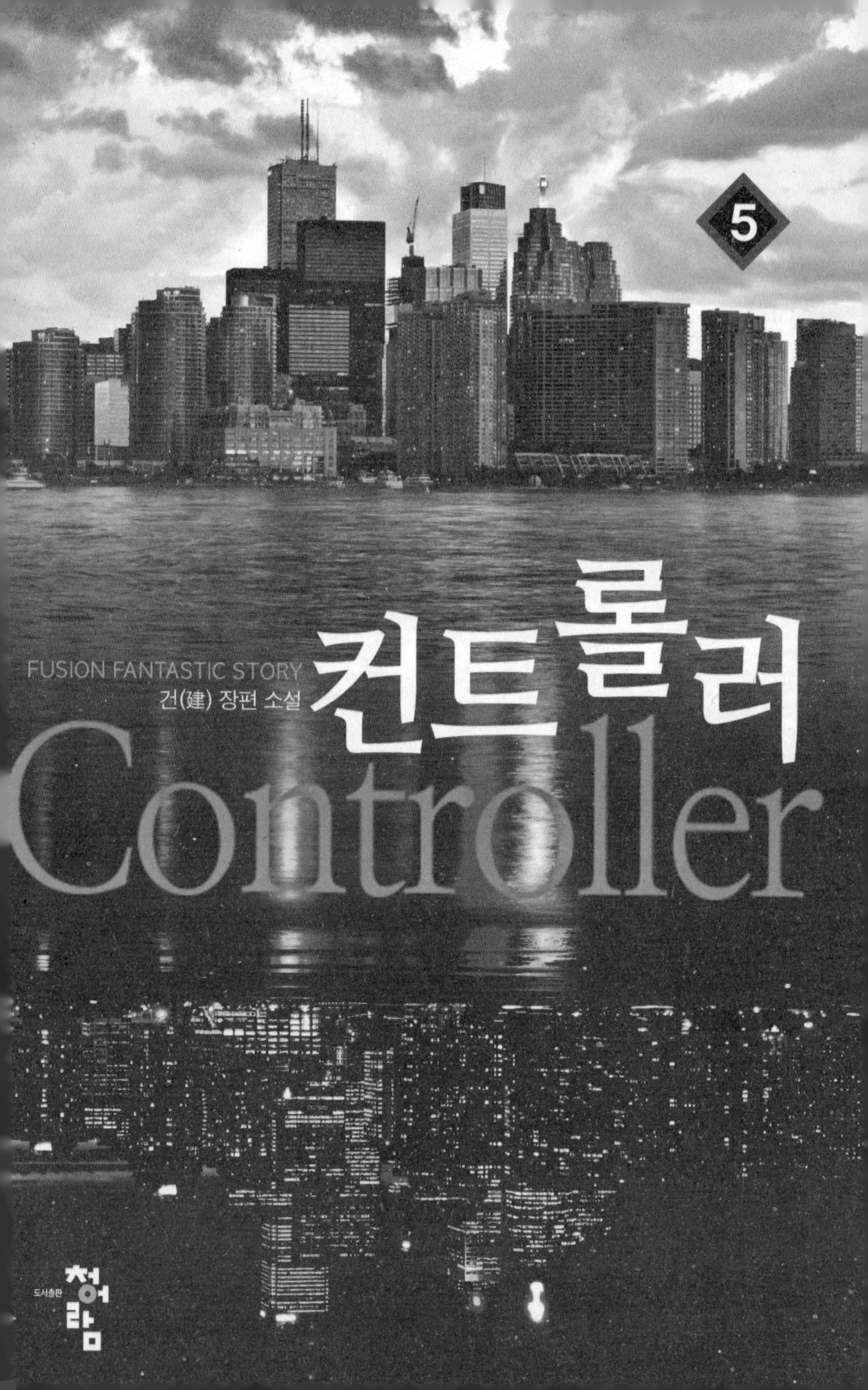
5
FUSION FANTASTIC STORY
건(建) 장편 소설
컨트롤러
Controller
도서출판
청어람

CONTENTS

1장
우리가 이곳에 오기까지

"오빠, 정말 매력적이야. 원래 그런 남자야?"

"후후, 내가 한 얼굴 하지. 벌써부터 달아오르는데. 이런 취향인가?"

남자 화장실 안.

비어 있는 곳으로 들어간 두 남녀는 한데 엉켜 당장에라도 키스할 것처럼 서로를 바라보고 있었다.

남자는 벌써 허리춤에 손을 가져가고 있었다.

언제든 바지를 내릴 태세였다.

여자는 그런 남자의 입술 끝에 자신의 입술을 닿을랑 말랑

애를 태우면서, 계속 그를 유혹하고 있었다.

"아, 못 참겠군."

철렁철렁!

남자가 허리띠를 풀기 시작했다.

당장에라도 거사를 치를 것처럼.

"조금만 참아 봐. 왜 이리 급해?"

그때, 여자가 남자를 자신 쪽으로 확 끌어안았다.

적극적인 리드.

여자의 품에 안긴 남자는 잠시 아무 말도 없었다.

그러다가 천천히 다시 말문을 열었다.

"그렇다면……."

시이이익.

옅은 미소를 머금으며 입을 벌리는 남자.

남자의 양쪽 송곳니가 날카롭게 빛났다.

그 순간, 여자의 어깨를 바라보는 남자의 눈빛도 살기로 가득해졌다.

이를 저 연하디 연한 살 속으로 밀어 넣고 나면, 싱싱한 피를 섭취할 수 있을 터다.

"흐으……."

남자가 자신도 모르게 소리를 냈다.

이게 웬 굴러들어온 떡인가?

클럽에서 만난 여자가 자신에게 적극적으로 대시해 온 것하며, 이렇게 피를 빨아들이기에도 좋은 장소로 이동까지 해올 줄이야.

대충 여자 하나 꼬셔서 데려나가 흡혈할 요량으로 온 곳이긴 했지만, 상황이 술술 풀리니 괜스레 기분이 좋아졌다.

"그럼 우리……."

사아아악!

"큭!"

남자가 분위기를 잡으며 기회를 노리려는 바로 그 순간.

차가운 무언가가 자신의 목을 스치고 지나가는 것이 느껴졌다.

순식간에 벌어진 일이었다.

"쇼하지 마. 넌 처음부터 내 피만 원하고 있었잖아."

"컥……."

남자의 목이 점점 사선으로 떨어져 내리고 있었다.

예리한 검날에 완벽하게 잘려나간 목의 살과 뼈.

남자는 자신의 시선이 정면의 여자에게서 점점 바닥으로 힘없이 고꾸라지고 있는 것을 느꼈다.

텅! 터텅!

주인을 잃은 목이 바닥을 뒹굴었다.

쿠웅!

중심을 잃은 몸은 좌변기 위에 그대로 나자빠졌다.

그것도 잠시.

마치 여자 혼자만 화장실 안에 있었던 것처럼, 남자의 몸은 한 줌의 재가 되어 허공으로 흩어졌다.

"죽여도, 죽여도 끝이 없어. 그래도 연희라는 이 여자아이의 몸은 쓸 만하네. 남자들이 이 정도로 군침을 흘린단 말이지?"

여자의 정체는 바로 리나였다.

김연희라는 여자의 몸을 빌린 리나는 대구 시내 곳곳을 돌아다니며, 뱀파이어 잔챙이를 하나둘씩 잡고 있는 중이었다.

그러던 와중에 클럽도 가보게 되었다.

이런저런 세계를 많이 다녀본 리나였지만, 이 세계의 클럽 문화는 색다르고 특별했다.

이 세계, 그러니까 지구라는 곳에서 리나가 가장 놀랐던 것은 여자들의 적극성이었다.

호감이 가는 남자에게 먼저 접근하고 자신의 마음을 표현하는 여자들.

그런 것이 이 세계의 사람들에게는 매우 자연스러워 보였다.

그 와중에 클럽에 있던 남자 중 뱀파이어인 녀석을 발견한 것이다.

리나가 뱀파이어를 전문적으로 사냥하기는 했어도, 군중

한가운데에서 무모하게 검을 휘두를 정도로 생각이 없지는 않았다.

자신이 이곳에 온 목적은 현성을 도와 압도적인 수적 열세에 빠져 있는 그에게 힘을 실어주고, 최대한 현성의 뜻에 맞게 질서를 구축해 주기 위해서였다.

현성은 시끌벅적하게 자신의 존재를 알리며 일을 치르길 원치 않는다 했다.

리나 역시 성향은 비슷했다.

이왕이면 조용하게.

남들도 알지 못하게 일을 처리하길 바랐다.

그래서 남자를 화장실로 유인한 것이다.

웬 떡이냐 싶어 리나를 따라갔던 녀석은 그렇게 한 줌의 재가 되어버렸다.

자기가 죽었다는 사실을 인지할 만한 고통도 느끼기 전에 당했으니, 아마 마지막 가는 길이 고통스럽진 않았으리라.

*　　　*　　　*

"계속 죽치고 있을 정도는 아니네. 결국 섹스하기 위한 정해진 레퍼토리 정도 같은데. 흥."

클럽이 신기하기는 했지만, 재밌지는 않았다.

밖으로 나온 리나는 숄더백을 한쪽에 매고는 천천히 길을 걸었다.

이미 수많은 남녀가 길거리를 거닐며, 다들 어디론가 하나둘씩 사라져 가고 있었다.

모텔이었다.

'리나'로서는 모텔이 무엇인지 이해하지 못하지만, '김연희'에게는 너무나 익숙한 단어였다.

모텔에 대한 인식이 예전보다 좋아졌다고는 해도, 결국 젊은 청춘남녀가 들어가 사랑을 불태우는 곳이라는 일반적인 상식은 여전히 통용되고 있었다.

"응?"

바로 그때.

저 멀리 걸어가는 한 무리의 남자들이 눈에 들어왔다.

짙은 어둠이 깔린 새벽.

클럽에서 나와 거리를 배회하는 남자쯤이야 항상 보는 광경이지만, 리나의 두 눈에는 예사롭지 않게 보일 수밖에 없었다.

열 명의 일행.

그들 모두가 바로 뱀파이어였기 때문이다.

"웬 떡이래?"

떡이란 표현은 이럴 때 쓰는 것이 적합할 듯싶었다.

리나는 군침을 흘렸다.

딱 저 놈들까지만.

저 놈들까지만 처리하고 난 다음에 본격적으로 현성을 찾아 나설 생각이었다.

사냥에 대한 감을 찾는 것은 이번까지면 충분할 듯싶었다.

*　　　*　　　*

"너무 반가운 마음에 대책 없이 내려온 건 아닌가 싶군요. 생각해 보니 인상착의조차 제대로 알고 있지 못한데 말이죠, 하하하."

"애초에 아지트를 알고 있는 것이 아니면 가장 손쉽게 상대를 찾아봄직한 곳은 역시 번화가죠. 계속 이 일대에서 활동해 왔다면, 지금도 여기에 있을 가능성이 클 것 같습니다."

"서울에서 김 서방 찾기보다는 좀 쉬우려나요?"

박 신부가 머리를 긁적였다.

현성은 한시라도 빨리 그 사람을 만나보고 싶었다.

기하급수적으로 증가하고 강해지는 뱀파이어를 상대하기에 자신과 박 신부만으로는 태부족이었다.

지이이잉—

바로 그때.

박 신부의 핸드폰으로 전화가 걸려왔다.

"여보세요? 음, 음. 아, 그래? 위치 확인됐어? 어딘데? 오케이, 알겠어."

통화는 빠르게 끝났다.

그리고 박 신부의 표정도 빠르게 밝아졌다.

"무슨 전화인가요?"

"정보원이 새로운 파밍 라인을 확인한 모양입니다. 대구에서 유일하게 남아있는 곳이라고 하는데요."

"여기서 멀지 않은 모양이군요?"

"눈치가 빠르네요. 저 언덕길을 따라 쭉 올라가면 있는 모양입니다. 그렇다면 그 사람도 조만간 노릴 가능성이 크죠. 어쩌면 지금 일이 벌어지고 있을 수도 있는 것이구요."

"어딥니까?"

"제가 안내하죠! 이참에 임도 보고 뽕도 따면 더 좋을 듯합니다만."

"가죠!"

현성이 소리쳤다.

새로운 동료에 대한 기대감.

그것은 박 신부도 마찬가지였는지, 그의 발걸음 또한 가벼웠다.

두 사람은 불야성 아래 비틀거리며 길을 배회하는 젊은 남녀의 틈새를 헤집으며, 빠르게 언덕길을 따라 어둠 속으로 사라져 갔다.

*　　　*　　　*

"……"

리나는 남자들의 뒤를 쫓고 있었다.

처음에는 적당히 때를 봐서 덮칠까 하는 생각으로 뒤를 밟았지만, 오가는 대화를 들어보니 생각보다 스케일이 컸다.

―이번에 클럽에서 주워온 년들. 그년들로 세팅을 다시 했다던데. 정말 맛있겠어.

―그나저나 조만간 서울에서 리더들이 모인다면서. 무슨 얘기가 나올까?

―그분 정도의 힘이라면 내가 볼 때, 아예 진짜 공장처럼 큼지막하게 파밍을 시작한다, 뭐 그런 얘기를 하지 않을까 싶은데?

―클클클, 이거 점점 재밌게 돌아가는군!

파밍이니 뭐니 하는 단어들은 이해할 수 없었지만, 한 가지는 확실했다.

지금 저들이 가는 곳에는 피를 공급해 줄 제물이 있다.

그리고 이미 제물에 손을 대고 있는 또 다른 동료가 있다.

즉, 리나가 이곳에서 눈을 뜬 뒤 일거에 소탕했던 몇 개의 은신처와 비슷한 장소인 것이다.

조금만 기다리면 더 많은 물고기를 잡아들일 것이 확실한데, 서두를 이유는 없었다.

리나는 기척을 숨기고 은밀히 추적하는데 특화되어 있는 능력자였다.

오랜 세월 동안 그렇게 살아왔다.

그녀의 손에 흘러 내려간 뱀파이어의 수를 헤아릴 수 없을 정도였으니까.

따각따각― 따각따각―

뱀파이어들의 발소리는 언덕길을 따라 한참을 이어지다가, 인적이 드문 폐건물 앞에서 멈췄다.

"정말 조용하군."

"그러게."

"지하로 가면 되는 거였나?"

"문자는 그렇게 와 있는데."

"그럼 들어가 보자고."

"츄르릅. 벌써부터 입맛이 도는데. 역시 다른 건 재미없어. 피가 최고라고, 클클클!"

저마다 잔뜩 기대에 찬 눈빛으로 발걸음을 옮기고 있었다.

그럴 법도 했다.

이제 갓 뱀파이어가 된 남자들이었다.

운이 나쁘게도 이들은 휴가 삼아 놀러 갔던 여행지에서 이런 일을 당한 것이었다.

현지에 거주하고 있던 뱀파이어 여자에 의해서 순식간에 흡혈을 당해 버린 그들은 본인의 의사와 관계없이 뱀파이어가 되었다.

하늘을 원망하며 신세 한탄을 해볼 법도 했지만.

그들은 오히려 바뀐 삶에 빠르게 적응했다.

이제 갓 성인이 된 그들은 오히려 뱀파이어로서 즐길 수 있는 엄청난 쾌락과 환희에 벌써 빠져들어 있었다.

*　　　*　　　*

"으읍! 으읍!"

"캬, 꿀맛이야. 꿀맛이라니까!"

끼이이이—

"어?"

"여기가……?"

"아까 연락했던 애들이 너희인가?"

"예, 그렇습니다만."

"후후, 어서와. 이런 만찬은 동행이 많을수록 즐거운 법이지."

"오오……."

수많은 목소리가 뒤섞였다.

지하실 안에는 이미 자리를 잡고 앉은 열댓 명의 남녀가 있었다.

이제 막 문을 열고 들어선 것은 바로 남자 열 명의 일행.

그들은 지하실 안에서 펼쳐지고 있는 광경에 놀라기 보다는 신기해하는 눈빛으로 쳐다보고 있었다.

등받이가 십자 모양인 의자.

그 의자에는 팬티와 브래지어만 챙겨 입은 여자들이 묶여 있었다.

그녀들은 무어라 소리도 내보고 움직이기도 했지만, 꽉 묶인 밧줄은 조금의 움직임도 허용하지 않았다.

입은 모두 청테이프로 감아져 있어, 암만 소리를 질러도 허사였다.

읍— 읍— 하고 터져 나오는 소리 정도는 지하실을 빠져나가기도 전에 사라질 소리였다.

"다들 입가심 좀 하지?"

지하실 중앙에 놓인 소파에서 능글맞은 표정으로 일행을 바라보던 남자가 말했다.

주변의 뱀파이어가 쳐다보는 눈빛이나 앉아있는 위치로

봐서는 그가 이 파밍 라인의 리더인 듯싶었다.

리더는 파밍에 필요한 개체를 구해오는 책임이 있는 대신, 늘 가장 신선한 개체의 피를 흡혈한다.

리더라고 해서 특출난 무언가가 있는 것은 아니지만, 리더 휘하의 뱀파이어는 리더의 말을 믿고 따랐다.

리더가 되었다는 것은 그만큼 경험이 많다는 것이고, 경찰이라든가 여러 가지 변수에 대응할 수 있는 어느 정도의 임기응변이 있다는 뜻이기 때문이다.

"괜찮겠습니까?"

아직 이런 자리가 어색하고 어려운 탓인지 일행은 머뭇거리는 눈치였다.

"그러라고 만든 자리다. 반갑다, 난 전상우라고 한다. 상우 형이라 불러도 좋다. 그건 편할 대로 하고… 자, 새로 온 신입에게 맛은 보게 해줘야지! 다들 물러서!"

"후후."

"호호."

전상우의 말에 팔뚝에 꽂힌 주삿바늘에 연결된 호스를 이용해 흡혈을 즐기고 있던 동료들이 물러섰다.

뭔가 이질적이면서도 재밌는 광경.

일행은 각자 적당한 자리를 찾아 움직였다.

속옷만 겨우 걸친 여자들은 창백해진 얼굴로 고개를 푹 숙이고 있었다.

　처음에는 저항도 해보고, 발버둥도 쳐봤지만 이제는 소용 없다는 것을 알고 있는 상태였다.

　언뜻 보기에 몸매가 좋은 여자도 꽤 있었다.

　그런 여자를 보면 마음에도 없던 성욕이 솟구치기도 하련 만, 뱀파이어 중 그녀들을 범한 사람은 단 한 명도 없는 듯 했 다.

　일행 역시 나신에 가까운 여자의 몸을 보고도 별다른 신체 의 변화가 없었다.

　그저 구미가 당기는 입과 혀만이 분주하게 움직일 뿐.

　그 이상의 욕구는 느껴지지 않아 보였다.

　"후우, 그럼."

　"맛있게들 먹어봐. 관리는 확실하게 하고 있거든. 죽으면 새로 구해다가 채워놓고 있으니까 신경 쓸 것 없어. 영양 공 급을 우리는 확실하게 해주니까, 덕분에 아직 죽은 년도 없 고. 클클클."

　전상우의 표정은 자신감에 가득 차 있었다.

　자신이 만들어 놓은 파밍 라인에 대한 흡족함 때문이었다.

　덕분에 자신을 리더로 뭉친 동료의 수도 20명이 넘었다.

　이제 이 녀석들까지 합류하면 30명.

　'회합'에서는 25명 이상 규모의 조직을 형성하면, 하나의 지부로서 인정을 해준다.

여기서 좀 더 발전해서 규모가 커지면, 모레 신도림에서 있다는 '지부별 모임'에 참여할 수 있는 것이다.

모임에 참석하면, 그분을 만날 수 있다.

뱀파이어 세계의 정점에 있는 그분.

전상우도 바로 '그분'을 만나고 싶어 하는 사람 중 하나였다.

쪼옥— 쪼옥—

"하아아… 하아… 크윽. 윽."

뱀파이어가 피를 빨아들일 때마다, 십자 의자에 묶인 여자들이 신음 소리를 토해냈다.

이젠 힘이 빠질 대로 빠져 제대로 된 신음도 터뜨리지 못했다.

그나마 터져 나오는 신음은 청테이프에 묻혀 사라져 버렸다.

"하아!"

입에서 혀로, 혀를 타고 목으로 내려가는 싱싱한 젊은 여인의 피에 뱀파이어들은 절로 탄성을 내뱉었다.

이런 피를 주기적으로 남의 눈치를 받지 않고 공급받을 수 있다는 건, 정말 행복한 일이었다.

눈앞에 있는 여인들, 그러니까 파밍 개체의 고통에 대해선 관심 없었다.

당장에 흡혈이 안 되고, 영양이 부족해지면 죽을 수도 있는 게 자신이었다.

내가 죽고 싶지 않다면, 누군가는 희생되어야만 했다.

하지만 죽이지 않고 목숨은 붙여놓으면서도 이런 행위가 가능하니, 그 얼마나 합리적인 일이란 말인가?

적어도 이 자리에 있는 모든 뱀파이어는 그렇게 생각하고 있었다.

자신들은 충분히 '매너 있는 흡혈'을 하고 있는 것이라고.

"양껏들 먹어! 위험하다 싶으면 알아서 끊게 해줄 테니, 실 컷 먹어 봐! 이제 너희도 내 동생이 되었으니 말이다."

"예, 형님!"

"감사합니다, 형님!"

누가 먼저랄 것도 없이 모두가 전상우에게 감사를 표했다.

그만큼 뱀파이어에게 안정적인 피 수급은 최우선 과제 중 하나였다.

이런 패악적인 짓거리는 '어쩔 수 없는 생존 본능'이라는 뱀파이어들의 정당화 속에 도심 여기저기서 퍼져 나가고 있었다.

*   *   *

"다 온 것 같은데요."

"인적이 드문 곳의 폐건물… 그리고 인적이 더 없을 지하실. 정말 주의 깊게 살피지 않는다면 눈치채지 못할 그런 장소군요."

현성이 눈앞에 보이는 건물을 바라보며 중얼거렸다.

조력자의 등장 여부에 관계없이, 이곳은 소탕해야 할 아지트이기도 했다.

화르르륵―

현성이 양손에 마나의 힘을 집중시켰다.

그리고 예행연습을 겸해서 마나를 발화시키자, 바로 화염 구체가 만들어졌다.

"이제는 익숙해질 만도 한데, 볼 때마다 어색하네요."

박 신부가 품속에서 주섬주섬 은사를 꺼내며, 현성에게 중얼거렸다.

자신이 취급하는 무기에 비하면, 확실히 현성의 것이 화려해 보이고 또한 비현실적인 것은 사실이었다.

"응?"

바로 그때.

현성의 시선이 건물 안으로 들어서는 입구에서 멈췄다.

인영(人影)이 보였기 때문이다.

"음?"

박 신부의 시선도 멈췄다.

뱀파이어는 아니었다.

현성과 박 신부의 목소리를 들은 걸까?

입구에서 안으로 막 들어서려는 준비를 하던 존재가 두 사람에게로 시선을 돌렸다.

그 순간, 세 사람의 시선이 마주쳤다.

"어?"

들려온 것은 여자의 목소리였다.

*　　　*　　　*

머릿속의 기억들이 빠르게 스쳐 지나갔다.

차원을 이동하기 전, 로키스를 통해 주입 받았던 현성에 대한 모든 정보가 빠르게 머릿속에서 스캔되고 있었다.

어둠 속이지만 얼굴은 확실히 보였다.

어떻게 된 일일까?

자신이 찾아가야 할 사람이 등 뒤에 있었다.

리나는 어렵지 않게 현성을 알아보았다.

"당신이 현성?"

"제 이름을 어떻게?"

현성이 고개를 갸웃거렸다.

초면인 그녀.

그녀는 자신의 이름을 알고 있었다.

단순히 잡지나 따뜻한 뚝배기 한 그릇 홈페이지를 통해 알게 된 얼굴을 보고 아는 척을 하는 것 같지는 않았다.

애초에 그녀가 이 자리에 있다는 것 자체가 의미하는 것이 있을 것 같았다.

"박 신부가 당신?"

"예? 음… 설마 당신이 그 뱀파이어를 잡고 다닌다는……."

"아, 당신이?"

그 순간, 현성과 박 신부는 눈앞에 있는 여성의 정체를 어느 정도 직감했다.

뱀파이어 사냥꾼.

사냥꾼은 예상과 달리 '그'가 아닌 '그녀'였던 것이다.

"반가워! 나는 리나, 이 세계의 이름은 김연희라고 하던데. 어쨌든 지금 한가롭게 인사할 시간은 아닌 것 같으니 실력 발휘부터 하자구!"

"제대로 찾아온 것 같군요."

박 신부가 씨익 미소를 지었다.

현성의 얼굴에도 반가운 표정이 가득했다.

리나가 여자이기 때문이기에 그런 것은 아니었다.

동료가 생겼다는 것.

그것 하나만으로도 매우 큰 힘이 나는 것이다.

리나, 이 세계의 이름은 김연희.

이런 표현들은 그녀가 최소한 이곳의 사람이 아님을 알려주고 있었다.

그렇다면… 스승님이 보낸 조력자인걸까?

그럴 가능성이 컸다.

현성은 혹시나 하는 마음에 스승에게 몇 마디 걸어볼 요량으로 중얼거렸지만, 들려오는 답변은 없었다.

생각해 보니 연락이 끊긴지도 좀 된 듯싶었다.

"그럼 들어가 보죠. 제가 앞장서겠습니다."

원래부터 그럴 생각이었지만, 뉴 페이스를 보니 더욱 힘이 나는 현성이었다.

리나도 현성의 실력을 한 번 보고 싶었는지, 군말 없이 살짝 물러서서는 뒤를 따랐다.

박 신부는 건물 근처를 돌면서 탈출 루트로 쓰일 만한 장소를 빠르게 탐색했다.

혹시나 이곳을 빠져나갈지도 모를 잔챙이를 처리하기 위해서였다.

스으윽— 스으윽—

어둠 속에서 보이지 않는 은사가 빠르게 건물 이곳저곳에 수놓아졌다.

바로 눈앞에서 보려고 해도 보이지 않을 정도로 얇은 은사.

하지만 이 은사를 스쳐 지나가는 순간, 뱀파이어는 잘 잘려진 고깃덩이가 될 터였다.

*　　　*　　　*

"당신."

"음?"

"생각보다 더 잘생겼네. 그런 얘기 많이 듣지 않아?"

지하실로 향하는 길.

지하 3층에 있는 지하실인 탓에 갈 길은 아직 한참이었다.

리나가 목소리를 낮춘 상태로 말을 걸었지만, 현성은 어렵지 않게 그녀의 말을 알아들을 수 있었다.

"신경 쓰지 않아서 모르겠어요. 당신, 리나라고 했죠?"

"응. 리나야, 리나."

"어디서 왔죠? 아니, 이 이야기는 나중에 하죠."

현성이 말을 끊었다.

궁금한 것이 한가득이었지만, 지금은 그것보다 더 당면한 과제가 있었기 때문이었다.

"후우."

이내 리나가 심호흡을 하며, 몸을 낮췄다.

시이잉─

그녀는 어느새 허리춤에서 무언가를 꺼내들고 있었다.

두 개의 대검이었다.

바짝 날이 선 대검은 어둠 속에서도 예리한 기운을 물씬 풍기고 있었다.

현성 역시 모든 기운을 양손에 집중시켰다.

점점 요사스런 기운이 가까워지고 있었다.

리나처럼 뱀파이어를 구분하는 눈을 가지고 있는 것은 아니었지만, 이렇게 외부와 차단된 공간에서는 느낌만으로도 충분히 뱀파이어의 정체를 파악할 수 있었다.

"먼저 들어갈 거야?"

"실력 발휘부터 하자고 했으니까. 그 정도는 예의로 하는 걸로."

"좋아, 들어가 봐!"

리나는 꽤나 들뜬 눈치였다.

마치 이런 일을 즐기는 듯한 모습.

항상 진지하게 전투에 임하는 현성과는 상반되는 모습이었다.

"그럼."

"응."

현성이 운을 뗐다.

그러자 리나가 고개를 끄덕였다.

"들어간다."

"응!"

"블링크!"

파앗!

그 순간, 현성의 모습이 눈앞에서 사라졌다.

"오!"

리나의 두 눈에 놀란 기색이 역력했다.

로키스에게 전달받은 내용은 사실이었다.

마법을 쓰는 다른 차원의 사람.

현성을 만난 것이다.

*   *   *

파아아앗!

파공음과 동시에 지하실 한가운데에서 사람의 모습이 생겨났다.

현성이었다.

"어?"

"뭐지?"

순식간에 벌어진 일.

갑자기 뱀파이어 무리 사이에 나타난 현성의 모습을 보자, 모두가 고개를 갸웃거렸다.

하지만 표정은 이내 적대적인 것으로 바뀌었다.

허락받지 못한 불청객.

그것은 침입자나 다름없었다.

"뭣들 하고 있어, 죽여!"

"와아아아앗!"

"……."

생각보다 뱀파이어의 숫자가 상당했다.

현성은 빠르게 뒤를 돌아보았다.

예상대로였다.

생기를 잃은 여성들이 십자 모양의 의자에 온몸이 결박된 채로 묶여 있었다.

지하실 분위기가 소란스러워지고 있음에도 제대로 고개를 들지 못하는 사람이 대다수였다.

뱀파이어들의 입에는 핏기가 흥건했다.

여성들과는 대조적으로 그들의 얼굴에서는 윤기가 반지르르하게 흐르고 있었다.

"라이트닝 스트라이크!"

현성이 바로 라이트닝 스트라이크를 전개했다.

좁은 공간에서 다수의 적을 확실하게 타격하기에는 전격 계열의 마법만큼 좋은 것이 없었다.

빠직!

"으끄아아아아악!"

전류가 뻗어져 나가는 순간.

사방에서 비명 소리가 터져 나왔다.

생전 처음 겪어보는 경험.

순식간에 지하실은 아수라장이 되었다.

"야아아아앗!"

후우웅!

마침 단검을 들고 있던 뱀파이어 하나가 현성을 향해 기세 좋게 돌진해 왔다.

팟—

"어?"

하지만 현성에겐 너무 쉬운 공격이었다.

블링크 마법을 전개하자 어느새 현성의 몸은 먼발치서 지켜보고 있던 대장, 전상우의 등 뒤에 있었다.

"아."

그 순간, 전상우는 등골을 타고 솟아오르는 오싹한 느낌을 받았다.

온몸이 굳어버리는 듯한 느낌.

"마나 건틀릿."

현성의 냉랭한 목소리가 이어지고.

빠악!

그대로 현성의 주먹이 전상우의 머리 위에서 아래로 내리꽂혔다.

와드드드드득! 으각!

"커어어어억."

기괴한 소리가 터져 나왔다.

전상우의 두 눈이 까뒤집히며, 입가에서 침과 피가 뒤섞인 물이 주르륵 흘러 나왔다.

"히익!"

"우, 우웁! 우웨에에에엑!"

전상우의 목뼈는 반쯤 접혀 있었다.

힘이 잔뜩 실린 마나 건틀릿 공격을 약한 목뼈로는 견뎌낼 재간이 없었다.

앞으로 접혀 버린 머리.

목의 피부를 뚫고 목뼈가 솟구쳐 나왔다.

그 상태로 전상우는 마치 허수아비가 쓰러지듯 앞으로 고꾸라져 버렸다.

일순간에 리더의 목숨이 끊어지자, 기세 좋던 뱀파이어들의 표정이 일거에 변했다.

콰앙!

바로 그때.

지하실 문이 열렸다.

"그동안 잘들 있었어?"

휘리리릭!

현성의 옆을 스치며 지나가는 리나에게서 들려온 목소리.

그와 거의 동시라고 해도 무방할 시간에 여기저기서 끅, 끅 하는 소리와 함께 뱀파이어가 픽픽 쓰러져 나갔다.

현성에게도 리나의 움직임은 매우 빨랐다.

마치 헤이스트를 쓴 것 같은 모습이었다.

저렇게 가녀린 20대 초반 여성의 몸을 하고 뱀파이어 사이를 휘젓고 다니며 놈들의 목을 따는 리나의 모습은 꽤나 신선한 충격이었다.

"매직 미사일!"

생각은 잠시.

현성이 바로 공격으로 리나를 보조했다.

상황이 정리되는 데는 그리 오랜 시간이 걸리지 않았다.

뱀파이어가 된지 얼마 되지 않은 그들은 자신의 강화된 능력을 알맞게 사용할 줄을 몰랐다.

그럴 법도 했다.

지금도 충분히 어지간한 일반인은 제압할 수 있는 힘이 있으니까.

군이 개발할 필요성을 느끼지도 못했을 것이다.

하지만 현성과 리나, 박 신부를 상대로는 그저 볏짚 정도에 불과할 뿐이었다.

아지트는 일망타진됐다.

운 좋게 지하실을 빠져나간 뱀파이어 둘은 입구에서 박 신부의 은사에 걸려들어 비명횡사했다.

소탕된 뱀파이어들은 한 줌의 재로 변해 사라졌고, 이내 지하실에는 '파밍 개체'로서 끌려왔던 여성들만이 남았다.

"하아… 하아……."

"정신이 좀 들어요?"

"네… 가, 감사해요……."

일행 중, 그나마 정신이 온전히 남아 있는 사람은 한 명뿐이었다.

나머지는 숨은 붙어 있었지만, 탈진 상태로 기력이 거의 없거나 잠이 든 상태였다.

현성은 우선 가장 기력이 있어 보이는 여인의 결박을 풀어 주었다.

"핸드폰 있죠?"

"저기……."

여인이 지하실 한쪽을 눈으로 응시했다.

그러자 너저분하게 던져진 스마트폰이 보였다.

지금도 몇몇 스마트폰은 쉴 새 없이 진동이 울리고 있었다.

아마도 뱀파이어가 빼앗아 대충 던져 놓고는 손도 대지 않은 듯했다.

핸드폰을 집어든 현준은 먼저 119에 전화를 걸었다.

지금 이 사람들에게 필요한 건 응급치료였다.

그 다음이 경찰의 몫이었다.

이제 뱀파이어 문제는 더더욱 수면 위로 급부상하게 될 것이다.

현성과 리나의 활약을 듣거나 혹은 본 사람이 있다면, 그것역시 더더욱 알려질 터.

어쩔 수 없는 흐름이었다.

더 이상 숨길 수 없는 문제가 되어버렸다.

여전히 대다수의 사람들이 뱀파이어에 관한 이야기를 흔한 괴담 정도로 생각하는 눈치였지만, 그 인식이 깨질 날도얼마 남지 않아보였다.

처음에는 뱀파이어 운운하는 사람은 미친놈, 미친년이라며 손가락질 당하곤 했었다.

하지만 점점 늘어나는 뱀파이어 중 흔적을 제대로 숨기지

못하는 자들이 등장했고, 고스란히 흔적을 남긴 경우도 있었
다.

"거기 119죠? 지금 응급치료가 필요한 여성이 상당수 있습
니다. 이곳은……."

현성이 차분한 목소리로 말을 이어나갔다.

그리고 위치 전달과 필요한 이야기를 끝내고 난 뒤, 리나와
함께 빠르게 자리를 떴다.

*　　*　　*

부우우웅!

서울로 향하는 길.

내려올 때는 운전석의 박 신부와 조수석의 현성이었지만,
올라갈 때는 뒷자리에 리나가 앉아 있었다.

리나 본인에게는 이런 자동차에 타는 게 생소한 경험이었
지만, 한국인인 김연희에게는 익숙한 일이었다.

그래서인지 리나는 차 안을 두어 번 살펴보고는 편하게 등
을 눕힌 채, 현성과 박 신부를 따랐다.

차가 출발하고, 아주 잠시 동안 적막이 감돌았다.

"현성!"

"응?"

"다시 인사할게! 반가워, 나는 리나라고 해. 당신을 돕기 위해서 왔어."

"리나, 좋은 이름이네. 이 분은 박 신부님."

"박 신부… 사제 같은 거구나."

"굳이 말하자면."

"오케이, 이해했어. 박 신부, 현성."

리나가 현성과 박 신부의 명칭을 한 번씩 되뇌었다.

초면부터 말을 놓았던 탓인지 어색하지는 않았다.

"로키스가 보내서 왔어. 아, 로키스가 누군지 모르려나? 자르만과 일리시아 님은 알지? 그분들이 로키스 님에게 부탁해서 나를 이곳으로 보내라고 했거든. 왠지 알고 있을 것 같았는데, 표정을 보아하니 잘 모르는 것 같네. 뭐, 굳이 말하자면 현성을 서포트하기 위해 왔달까? 유통기한은 2년이야. 2년이 지나면 이 몸이 나를 튕겨 버릴 테니깐."

"어……."

순식간에 리나가 속사포처럼 쏟아낸 말.

현성이 아차 하는 사이에 이미 리나는 어지간한 설명을 모두 끝내놓았다.

그리고는 숨을 한 번 크게 쉬고는 다시 말을 이었다.

"차원의 균형이 점점 더 흔들리고 있다고 했어. 저 뱀파이어들, 아직 독종까지 된 건 아냐. 하지만 시간이 지나면 놈들은 더 강해질 거야. 그땐, 아까처럼 코 파면서 싸우는 일은 있을 수 없어. 그전에 씨를 말려야 해."

"리나, 잠깐. 너무 많은 것을 말해 버린 것 같은데."

현성이 난색을 표했다.

박 신부를 믿지 못하는 것은 아니었다.

다만 자신과 관련된 모든 비하인드 스토리를 듣고 나면, 박 신부가 크게 충격을 받거나, 혹은 이상하게 보지는 않을까 생각했던 것이다.

사실 서로가 깊게 묻지 않았기에 숨겨왔던 비밀이기도 했다.

"하하하, 괜찮습니다. 별로 새삼스러운 이야기도 아니고, 충격적인 이야기도 아닙니다."

"뭐야, 박 신부님은 모르는 거였어? 같은 동료라면서. 동료끼리 서로 어떤 상황인지도 모르는 거야?"

현성과 박 신부의 반응에 리나는 오히려 이해할 수 없다는 듯 고개를 갸웃거렸다.

"그게 아니라. 굳이 말할 필요까지 있었나 해서."

"말 못할 건 또 뭔데? 같이 싸우는 사람이잖아, 동료잖아. 그럼 비밀 같은 건 필요 없잖아?"

리나는 소위 최근 유행하는 표현으로 '쿨' 했다.

생각해 보니 리나의 말도 틀린 건 없었다.

이미 박 신부와는 생사고락을 계속 함께해 왔던 사이.

비밀이랄 것도 없었다.

서로가 특별한 존재라는 건, 처음 만난 그때부터 느꼈던 감정이 아니던가?

현성은 잠시나마 부끄럽게 생각했던 자신을 탓했다.

그리고 리나가 했던 이야기에 다시 포인트를 맞추었다.

"씨를 말린다는 말, 가능한 이야기야?"

"응! 가능하지!"

"말 그대로의 의미인 거야? 모든 개체를 죽여서 없앤다는 그런 거냐고?"

"아니, 그건 나도 할 수 없는 일이야. 뱀파이어의 기본 원리는 알지? 거기 박 신부님도 알고?"

"물론이지."

"물론입니다. 모를 리가 있나요."

현성과 박 신부가 동시에 고개를 끄덕였다.

그러자 리나가 두어 번 헛기침을 하고는 말을 이었다.

"흡혈을 당한 상태로 죽지 않으면, 뱀파이어가 되는 것은 맞아. 그렇게 개체가 불어나는 것도 맞고. 하지만 우습게도 내가 이곳에 와서 상대했던 놈들은 진짜 뱀파이어가 아니야. 그게 무슨 소리냐면, 감기도 진짜 독한 감기가 있고 아닌 게 있는 것처럼, 뱀파이어도 마찬가지란 이야기야."

"좀 더 풀어서 설명해 보면?"

현성이 되물었다.

"진짜 뱀파이어는 평범한 사람을 뱀파이어로 만들기 위해서 단순히 흡혈만 하는 걸로 끝나지 않아. 그 사람의 신선한 피를 빨아들이는 만큼, 뱀파이어인 자신의 피도 함께 넣어줘야 해. 이빨 몇 번 찔러 넣었다고 끝나는 그런 게 아니란 말이야."

"허어……."

탄성을 터뜨린 것은 박 신부였다.

전혀 새로운 이야기.

뱀파이어 헌터로서 오랜 세월 살아온 박 신부였지만, 리나의 말 같은 설명은 처음이었다.

"지금 이 세계의 뱀파이어는 기생충 같은 구조야. 숙주가 죽으면 그 안에 있던 기생충도 모두 죽어버리지. 이게 무슨 말인지 알아?"

"뱀파이어의 숙주가 되는 개체를 제거하면 된다?"

"빙고!"

딱!

현성의 말에 리나가 손가락을 튕겼다.

"지금 이 세계의 뱀파이어는 모두 피의 형질이 똑같아. 뱀파이어 피라미드의 꼭대기에 있는 숙주, 그 존재의 피랑

100% 일치하는 형태를 가지고 있다고. 그럼 숙주를 죽이고 그 피를 정화시킬 수 있는 약제를 만들어내면, 원하는 뱀파이어들은 모두 치료시킬 수 있어. 마치 흔한 감기처럼 말이야."

"그 약제를 만드는 방법은, 네가 알고 있는 거고?"

"빙고 투! 그래서 내가 여기에 온 거지. 만약에 전자, 그러니까 진짜 뱀파이어의 세계였다면 이 정도로 숫자가 많지 않았을 거야. 지금 이곳의 뱀파이어는 별 볼 일 없는 가짜들이야. 하지만 뱀파이어만 있는 게 아니라면서?"

"산적한 문제가 많지."

현성이 고개를 끄덕였다.

그 대표적인 예가 신정우였다.

"일단 결론은 그거야. 상황을 충분히 긍정적으로 볼 여지가 충분하다는 거야. 그리고 나는 뱀파이어를 눈으로 식별할 수 있어. 길거리에서 아무렇지 않게 활보하는 놈들, 이제 더 이상은 볼 수 없을 거야. 전부 죽을 테니까."

리나가 씨익 웃었다.

그녀의 말대로 상황이 그렇다면 충분히 긍정적인 여지가 다분했다.

힘이 났다.

리나라는 조력자가 등장한 것부터 해서, 정말 천군만마를 얻은 것만 같은 기분이었다.

부우우웅!

박 신부의 세단이 좀 더 속력을 냈다.

그리고 10여 분간.

다시금 적막이 감돌았다.

*   *   *

"그러고 보니 현성 씨와 저는 어느 부분 이상의 이야기는
하지 않았던 것 같군요."

차가 붐비는 시가지를 벗어나 한적한 고속도로로 접어들
었을 무렵.

박 신부가 살짝 운을 뗐다.

현성이 대답 대신 고개를 끄덕였다.

서로를 믿지 않아서가 아니라 일부러 건드리지 않았던 부
분이었다.

현성도 박 신부의 비하인드 스토리를 궁금해했던 건 사실
이었다.

그가 가지고 있는 정보망이라든가, 오랜 기간을 활동해 왔
다는 이야기와 달리 젊어 보이는 외모.

그 부분에서 특이함을 느꼈던 적은 항상 있었기 때문이다.

"푸우우······."

리나는 잠에 빠져 있었다.

세단 특유의 승차감 때문인지 그녀는 아예 뒷좌석에 드러 누워서는 깊은 잠에 빠져 있었다.

이 세계에 도착한 직후, 현성을 만나기 전까지 쉴 새 없이 움직였으니 그럴 만도 하겠다 싶었다.

"세상에는 상식으로 설명되는 일이 있고, 아닌 일이 있다고들 하죠. 그런 부분에서 저와 현성 씨는 공통점이 있습니다. 상식으로 설명해 주기가 쉽지 않죠. 범인(凡人)에게는 말이죠."

"맞습니다."

"아마 어느 정도 예상은 했을 거라 생각합니다. 전 눈에 보이는 나이와 실제 나이의 괴리가 매우 심합니다. 보통은 저를 30대 초반 정도의 사람으로 보죠. 현성 씨도 그럴 테고요."

"그렇습니다. 때때로는 더 젊어 보이기도 합니다."

"하하하, 그런가요. 제가 태어난 해는 1592년입니다. 1992년도 아니고, 1592년이죠. 익숙한 숫자의 해이기도 할 겁니다."

1592년.

임진왜란이 일어났던 시기다.

조선사를 배우다보면 항상 연결해서 배우게 되는 시기가
있다.

바로 조선이 건국된 1392년과 임진왜란이 일어난 1592년
이다.

박 신부의 말은 1592년, 임진왜란 당시를 가리키고 있었
다.

"1592년… 그렇다면 지금으로부터 420여 년 전… 이라고
요?"

현성 자신도 비상식적인 경로를 통해 만들어진 능력자였
지만, 이 말대로라면 박 신부는 현성 자신 보다 더 신기하게
느껴지는 사람이었다.

박 신부가 고개를 끄덕였다.

"비상식을 상식으로 풀어서 설명할 수는 없을 겁니다. 단
지 제게 이런 영생 아닌 영생(永生)을 부여해 주신 분은 제게
뱀파이어를 막아야 할 소명을 알려주셨죠. 그럴 수 있는 기
술과 힘을 주었고. 근데 그런 사람은 저뿐만이 아니었습니
다."

"그러면 정보원 분들이……?"

"맞습니다. 동료가 있었죠. 그들의 생년월일은 저처럼
한참을 과거로 거슬러 올라가야만 합니다. 400년이 넘는
시간을 살아오면서 사랑하는 사람이 늙었고, 세상을 떠났

고, 또 새로운 사람을 사랑했고, 또 보내야만 했죠. 세상에 섞이면 섞일수록 상처받을 수밖에 없었기에, 그들은 보이지 않는 어둠 속으로 들어간 겁니다. 그나마 저는 아이들을 돌보면서 사회에 발 하나 정도는 내딛고 있는 것이고요. 하하하."

박 신부가 털털하게 웃음을 터뜨렸다.

현성은 그제야 박 신부가 그동안 해왔던 이야기와 정보원이라는 사람들의 넓은 정보망이 이해가 갔다.

그의 말을 듣고 나니, 영생을 얻는다는 것이 꼭 행복할 수만은 없겠다는 생각이 들었다.

"능력을 부여해 주신 분은?"

"홀연히 떠나셨죠. 그리고 정체불명의 구체를 만졌던 다섯 명의 남자가 지금 이렇게 삶을 살아가고 있죠. 한 사람은 신부라는 이름의 탈을 쓴 채 말이죠, 하하. 후회하진 않습니다. 저는 스승님이라고 부르는 그분, 그분을 원망하지도 않구요. 긴 시간 동안 보이지 않는 곳에서 수많은 뱀파이어를 상대해 온 겁니다. 과거에도 그런 개체는 있었습니다. 다만 폭발적으로 증식하기 시작한 것은 불과 1년이 채 되지 않았죠. 리나라고 했던 가요? 그녀의 말대로 계기가 된 숙주의 등장이라든가, 변수가 있었을 겁니다."

"사실 이 문제의 중심에는 제가 있을지도 모르죠. 스승님의 호기심이 만들어 낸 차원간의 연결로 제 능력이 생겨났고, 그 이후로 모든 일이 폭발적으로 터져 나오기 시작했으니까요. 리나가 온 건 든든한 일이지만, 그만큼 지금의 상황을 무겁게 보고 계시는 것이기도 할 테고요."

"스승님을 뵌 적이 있나요?"

"없습니다. 목소리는 들었지만, 직접 뵐 수는 없었어요. 다만 스승님들께서는 제 모든 걸 보셨죠. 자르만, 일리시아. 마법사 부부이십니다."

"마법사 부부이신 건가요? 허허, 이야기가 점점 더 재밌게 흘러가는군요."

평범한 사람이 옆에서 듣고 있었다면 '정신병자들의 대화'로 착각하기에 충분한 이야기.

하지만 현성과 박 신부는 서로의 이야기를 경청하고 있었다.

믿는 것 역시 마찬가지였다.

그렇게 두 사람은 한참을 이야기를 나누었다.

그간 살아온 이야기부터 시작해서, 고충까지.

이야기를 위한 시간은 충분했다.

서울로 올라가는 길은 꽤나 길었고, 가끔씩 속도를 내며 달리는 차 몇 대를 제외하면 다른 차들의 기척은 보이지도 않았다.

"참 신기하죠? 우리가 이런 세상에 살고 있다는 것이."

"그러게 말입니다."

박 신부가 창문을 열고 담배를 입에 물었다.

여전히 리나는 곤히 자고 있었다.

그동안 혼자 시간을 보낸 만큼, 제대로 눈조차 못 붙인 듯 싶었다.

현성은 마음 한편이 괜스레 더욱 무거워지는 것을 느꼈다.

사업은 순탄대로였다.

따뜻한 뚝배기 한 그릇 사업을 시작한 이래로, 정말 거짓말과 같을 정도로 매출은 매월 전 기록을 갱신 중이었다.

거기에 오인오색 매장도 유명세를 제대로 타기 시작하면서, 역시 매출을 갱신하고 있었다.

현성은 오인오색 매장을 구상했던 초심에서 착안, 전국 각지에서 맛의 달인을 찾고 있었다.

그 일은 정유미에게 부탁해 둔 상태였다.

물론 이미 자신의 번듯한 매장이나 충분한 밥벌이를 가지고 있는 달인은 대상에 포함시키지 않았다.

그분들의 맛을 평가 절하한 것이 아니라, 굳이 새로운 모험을 하지 않아도 되기 때문이었다.

현성이 집중적으로 주목한 것은 사연이 많은 사람.

그러니까 지금 오인오색 매장에 있는 사람들처럼, 실력은 있으되 기회가 없는 사람이 대상이었다.

정유미는 그런 맛의 장인들을 잘 알고 있었다.

실력 발휘의 기회만 마련된다면, 언제든 불타오를 수 있는 달인들!

현성은 그들을 중심으로 오인오색 매장을 전국적으로 확충해 나갈 계획이었다.

사업만 놓고 봐도 생각할 것들이 많은데, 현실에 산적한 문제들은 더더욱 많았다.

앞으로 이 문제가 더 늘어날 예정이었다.

"그것보다 이제 이 문제가 수면 위로 급부상하기 시작하면, 어둠 속에 모습을 숨기고 다니는 것이 쉽지 않을 겁니다. 매스컴이라는 것은 그래서 무서운 거구요. 문제는 얼굴이 노출되면 타깃이 되기 쉽다는 겁니다. 후우우우."

박 신부가 담배 연기를 깊이 빨아들였다가 뱉어내며, 말을 이었다.

현성 역시 그 점을 가장 신경 쓰고 있었다.

걱정하는 것은 자신이 위험에 처하는 것이 아니었다.

주변 사람이 위험에 휘말리는 것이었다.

언젠가는 뱀파이어 중에서 현성의 모습을 기억하는 자가

나올 것이다.

혹은 생존자의 증언을 토대로, 자신들을 돕고 뱀파이어를 소탕한 사람이 현성이라는 사실이 알려질 터.

이미 블랙, 그러니까 신정우와 뱀파이어 집단 사이에 커넥션이 있다는 것은 알고 있는 현성이었다.

그렇다면 신정우는 현성을 노릴 것이다.

수단과 방법을 가리지 않는 그라면 현성을 노림과 동시에 주변 사람을 인질로 잡을 터.

여자 친구인 수연부터 시작해서 동료 상화, 그리고 본점에서 일하고 있는 직원과 정유미, 차예련 같은 지인들이 모두 위험에 빠질 가능성이 컸다.

생각하고 싶지 않은 일이었다.

"복면을 다시 써볼까요?"

"하하하, 나쁘진 않겠군요. 하지만 언제 어디서 갑자기 싸우게 될지 알 수 없죠. 그렇기 때문에……."

"그렇기 때문에… 더 바쁘게 움직여야겠죠. 기다리는 건 능사가 아닙니다. 이번 뱀파이어 회합 때, 확실하게 승부를 봐야 합니다. 분명 컨트롤 타워가 나올 겁니다. 우린 그 정보를 가지고 있고요. 아직 놈들은 알지 못합니다. 그날 승부를 봐야합니다."

현성이 단호히 말했다.

박 신부도 고개를 끄덕였다.

"그날은 어느 정도 얼굴을 가릴 필요가 있겠군요. 예전에 블랙 네트워크의 능력자 모임 때, 우리를 안내했던 그 여인을 기억하고 있습니다만. 그 사람이 뱀파이어가 말하는 '그분'이라 했죠?"

"맞습니다. 우리와는 구면이죠."

"재수가 좋으면 만나기 직전까지 서로를 못 알아볼 수도 있겠지만… 입구부터 검문검색해서 그전에 얼굴이 노출될 수도 있으니, 그때는 제 손을 빌려보시는 게 어떨까요?"

"하하하, 마다할 이유가 없죠."

현성이 미소를 지었다.

박 신부는 종종 뱀파이어의 눈을 속이거나, 그들의 은신처로 의심을 사지 않고 접근하기 위해 외모를 바꿔야 할 경우가 종종 있었다.

그때마다 변용(變容)이 쏠쏠하게 먹혔다.

현성은 이번에도 그렇게 해볼 생각이었다.

뱀파이어라고 해서 바뀐 얼굴을 예민하게 알아차린다거나 하는 것은 아니다.

물론 회합에 참여할 정도의 리더격 인물이라면 충분히 자신의 능력에 눈을 뜬 자들일 터.

전투 자체는 예전처럼 일방적이지는 않을 것이다.

                    *   *   *

돌아온 현성은 우선 리나가 머물 곳부터 구했다.

현성의 옥탑방은 리나와 함께 있기에는 좁았다.

게다가 수연과 함께했던 특별한 공간인 만큼, 괜한 오해를 불러일으키지 않기 위해서라도 리나를 두고 싶진 않았다.

마침 생각나는 곳이 있었다.

출퇴근을 하는 길에 오다가다 하면서 보았던 부동산 광고였다.

찾아보니 현성이 살고 있는 옥탑방 근처에 매물로 나온 원룸이 있었다.

다음 날.

현성은 바로 그 원룸을 구해주었다.

경제적인 여유는 충분했다.

리나도 현성과 관련된 이야기를 듣고 가까운 곳에 있지만, 함께 있지는 않고 떨어져 있는 것에 동의했다.

애초에 현성과 마음을 주고받는 관계인 것도 아니고, 독고다이로 오랜 세월 살아온 리나도 혼자 있는 것이 편했던 것이다.

생활에 필요한 비용과 모든 것은 현성이 대기로 했다.

단, 현성은 리나가 이 세계에 대한 수많은 호기심을 바탕으로 과소비하는 일이 발생하지 않도록 당부하고 또 당부했다.

그렇게 리나가 머물 공간을 구하고.

D—day가 하루 앞으로 다가왔다.

[내일 회합에 차질 없이 참여바랍니다. 장소는 동일하되 시간이 변경되었습니다. 자정입니다. 최근 대구에서 네 개의 파밍 라인이 무너지고, 동료가 무참히 살해당하는 일이 발생했습니다. 누군가가 우리들의 목숨을 노리고 있습니다. 안일한 생각으로 현실을 대하는 일이 없길 바랍니다]

발신번호제한으로 적힌 문자도 한 통 날아왔다.

번호를 공개하지 않는 것으로 봐서는 그분이던가, 혹은 그 바로 아랫선의 관리자인 듯했다.

자정.

완벽한 한밤중.

얼마나 이야기가 은밀하고 깊게 진행될지 어렴풋이 짐작이 갔다.

"어떻게 할 거야? 내용은 어느 정도 알겠어. 그러니까 한가락 한다는 애들이 모이는 자리인 거잖아. 그리고 각 지부의 대표자만 참석할 수 있으니 그 역할은 현성이 하겠다는 거고?"

"그렇지."

"그럼 나와 신부님은 어떻게 하는 게 가장 좋을까?"

개인 보호를 위해서라느니, 혹은 동행자라느니 등의 이유로 지부 대표자 외의 인물을 회의에 배석시키기는 힘들 것이다.

보안을 필요로 하는 만큼 입구에서부터 제재를 받을 공산이 컸다.

현성이 염려하는 것은 전투가 벌어졌을 때의 수적 열세가 아니라, 도망칠 가능성이 큰 뱀파이어의 퇴로를 어떻게 차단하느냐의 문제였다.

엘리베이터는 15층에서 멈춘다.

그리고 16층 로비에서 비밀 계단을 통해 갈 수 있는 16.5층에 회합 장소가 있다.

그 장소에서 일이 터진다면 경우는 두 가지다.

첫째, 현성과 싸운다.

현성이 원하는 바였다.

이 자리에 나올 김성희의 실력이 가늠되지 않았지만, 최소한 호각 이상으로 싸울 수 있을 것이라고 현성은 자신했다.

자신의 능력에 대한 믿음이 있었다.

둘째, 도망친다.

이때의 루트를 차단해야 했다.

현성이 회합을 처음이자 마지막 기회로 보는 것은, 이때 리더격의 인물들을 일망타진하지 않으면 기하급수적으로 뱀파이어 개체가 늘어날 것이 불 보듯 뻔했기 때문이다.

살아남는 자가 있어선 안 되었다.

그 순간, 현성과 박 신부 그리고 리나의 모습도 모두 알려지게 되고 마는 것이다.

우선 16층을 봉쇄해야 했다.

상황이 터지면 입구의 검문검색을 하던 자들도 올라가거나 혹은 도망칠 터.

그때를 노리고 입구로 나오지 못하도록 해야겠다.

그렇다면 남은 한 곳은?

바로 16.5층의 위.

17층을 통해 타고 올라갈 수 있는 옥상이었다.

세영 아크로 타워는 주변의 고층 빌딩과 비슷한 높이로, 옆의 건물과 빽빽하게 붙어 있었다.

"이렇게 가죠."

잠시 생각에 잠겨있던 현성이 운을 뗐다.

그 순간, 두 사람의 시선이 모두 집중됐다.

그리고 빠르게, 아주 조용한 목소리로 대화가 오고 갔다.

그렇게 회합 전날 밤의 대화는 깊은 새벽으로 접어들면서,
점점 무르익어 갔다.

2장
정면승부

"끄윽……."

"후. 귀찮군."

쿠웅—!

한 남자가 복부의 상처를 타고 삐져나오는 창자와 피를 망연자실한 얼굴로 바라보며 앞으로 고꾸라졌다.

반면에 눈앞에 선 남자는 피가 뚝뚝 흘러내리는 대검을 든 채로 아무렇지도 않게 쓰러진 남자를 바라보고 있었다.

도리어 귀찮은 표정까지 짓고 있는 것이었다.

치이이익— 후우욱—

담배를 입에 문 그는 한참을 조용히 담배 연기만 들이켰다.

"끄극. 끄극."

아직 숨이 끊어지지 않았는지, 쓰러진 남자가 꿈틀거렸다.

"질기군."

쓰러진 남자의 머리 위에 대검이 수직으로 놓였다.

그리고.

푸슉!

무심히 대검이 뒤통수를 그대로 관통해 아래로 뚫고 내려
갔다.

그러자 더 이상 쓰러진 남자도 움직이지 않았다.

살인자.

그의 정체는 신정우였다.

이 사람으로 이제 끝이었다.

자신의 과거를 알고 있는 사람을 모두 제거한 것이다.

돌이켜 생각해 보면 문제가 이렇게 심각해질 필요도 없던
일이었다.

사고를 냈던 기억은 신정우도 당연히 가지고 있었다.

자신이 몰던 차에 치여 사람이 죽었고, 그 당시 꽤 당황했
던 기억도 났다.

그때의 신정우는 지금 같은 능력을 가진 사람은 아니었다.

그저 재벌가의 아들이었고, 이제 막 후계 수업을 시작하고

있던 차였다.

기분 전환을 겸해서 교외로 나왔던 신정우가 교통사고로 사람을 죽이게 됐다. 그게 바로 현성의 아버지였다.

화연 그룹에서는 이 일을 덮기 위해 우선 경찰에 먼저 손을 썼다.

모든 경찰이 다 부패한 것은 아니지만, 민중의 지팡이 속에도 속물은 존재했던 것이다.

엄청난 돈이 입막음에 들어갔다.

효과는 확실했다.

경찰은 수사 진행을 늦추고, 비협조적인 자세로 일관하며 현성의 외침을 외면했다.

그래도 경찰이니까, 그래도 잘해주겠지 라는 믿음은 애초에 돈에 의해 사라진지 오래였다.

어쨌든 그 덕분에 신정우의 사고는 묻혔다.

지금도 미제 사건으로 남아있는 당시의 교통사고.

신정우는 도대체 왜 이 문제가 수면 위로 올라와야만 했는지 이해할 수 없었다.

발단은 그 멍청한 경찰이 각종 언론사에 관련 자료를 뿌리면서부터였다.

이미 잊혀진 사건이 터져 나오면서, 모든 뭇매를 신정우가 맞게 되었다.

그래서 선택한 것이 위장 자살이었다.

덕분에 다시 들끓던 여론은 사그라졌지만, 신정우는 자신을 곤란하게 만든 놈들을 굳이 살려두고 싶지 않았다.

모두 죽였다.

이제 그날 있었던 사고에 대해 아는 사람은 신정우, 바로 자신밖에 없었다.

"하아아아앗!"

사삭! 삭! 삭! 사사삭!

신정우가 아직 남은 분이 풀리지 않은 듯, 이미 숨이 끊어진 남자의 시체 위로 쉴 새 없이 대검을 난도질했다.

아직 식지 않은 피가 사방으로 튀고, 신정우의 얼굴은 온통 피칠갑이 되었다.

"후우. 후우."

신정우가 다시 담배 한 대를 입에 물었다.

느낌이 좋지 않았다.

아무리 생각해도 어설픈 정의감이나 단순한 실수로 이 사건이 알려지게 된 것 같지는 않았다.

신정우는 경찰의 행보에 주목했다.

확인한 바에 따르면 이 일을 알린 주범, 신영수 형사가 경찰서로 들어와 각 언론사에 자료를 뿌렸다.

그 자료에는 대외적으로 알려지는 즉시 신영수 자신뿐만

이 아니라, 동료 형사 모두가 옷을 벗어야 할 그런 내용이 수두룩하게 쌓여 있었다.

오랜 기간을 동고동락하면서 지내온 동료를 단숨에 나락으로 내몰 수 있는 선택을 그렇게 쉽게 할 수 있었을까?

이미 화연 그룹의 힘을 보았던 그들이다.

입막음을 위한 비용으로 개개인마다 수천만 원의 돈을 어렵지 않게 쓸 수 있는 그룹.

이후에 후폭풍을 맞을 것이란 생각을 못했을 리 없다.

셈이 빠르니 돈을 받고 입을 닫았던 것이 아니겠는가?

그런데 나중에 와서 굳이 긁어 부스럼을 만들었다는 것이 이해가 가지 않았다.

사주한 자가 있다.

혹은 그렇게 유도한 자가 있다.

신정우는 그렇게 생각했다.

다만, 그렇게 만든 사람이 자신보다 더한 돈을 써서 이런 일을 벌였을 것이라 생각하지는 않았다.

"설마?"

신정우의 뇌리를 스치는 불안한 느낌이 있었다.

자신과 비슷한 능력자라면 충분히 가능한 일이었다.

하지만 왜?

자신에게 악의를 가지지 않고서야 굳이 할 필요도 없는 일.

"……."

신정우의 생각은 그리 멀지 않은 곳에서 멈췄다.

이 일의 발단은 신영수가 아니었다.

그보다 더 근본적인 원인.

차에 치여 죽은 아버지라는 남자.

바로 그 남자와 엮여있던 가족.

그 가족에 대한 정보가 신정우 자신에게는 없었던 것이다!

"완벽하게 뿌리를 뽑아 놔야지. 이래가지고는 뭘 해도 머리가 아플 뿐이다."

툭!

신정우가 신경질적으로 담배꽁초를 던지고는 자리를 떴다.

살인 현장.

자신의 흔적을 보란 듯이 남긴 사건 현장이었지만 신정우는 신경 쓰지 않았다.

*　　　*　　　*

"맛있네, 이거."

"연희 씨는 달달한 걸 좋아하나 보네요."

"연희? 아니 난 리… 아, 맞아요. 달달한 게 좋아요."

세영 아크로 타워가 마주 보이는 커피숍 안.

아직 날이 밝은 시간이었지만, 현성 일행은 미리 근처에 도착해 주변을 살피고 있었다.

사람들이 있는 자리에서는 리나가 아닌 원래 이름 '김연희'를 쓰기로 한 만큼, 서로 어색하지만 의식적으로 호칭을 바꿔 부르고 있었다.

현성은 하늘 높이 우뚝 서 있는 세영 아크로 타워를 중심으로 주변에 늘어선 건물들을 살폈다.

리나는 벌써 아이스 카페 모카를 세 잔째 비우는 중이었다.

가녀린 여자의 몸을 하고 있는 것치고는 정말 쉴 새 없이 먹고 있었다.

하지만 그 와중에도 리나의 시선은 카페 전체와 주변의 모든 사람에게로 향하고 있었다.

만약을 위해서였다.

"역시 예상대로네."

리나가 나지막한 목소리로 말했다.

카페 안의 대다수의 손님이 시끌벅적하게 얘기를 하고 있는 탓에 리나의 목소리는 주변 사람에게는 잘 들리지 않았다.

"낮에는 없다?"

"응. 뱀파이어는 태양을 볼 수 없다는 거. 그거 거짓말이야. 뼛속까지 완벽하게 뱀파이어가 된 존재는 태양 밑에서도 멀쩡하게 살아있을 수 있어. 재생 능력이 되니까. 태양 아래서 타버리는 피부와 머리만큼 다시 만들어낼 수 있거든. 타는 즉시 만들어지기 때문에 어떤 변화가 있는지 알아차릴 수 없지."

"하지만 그러기엔 판단 근거가 확실치 않은데."

현성이 고개를 저었다.

자신의 감각으로는 카페 내부의 손님과 이 앞을 지나다니는 사람 중에 뱀파이어가 있는지 알아챌 수 없었다.

굳이 자신들에게 위험한 낮에 움직일 이유가 없었다.

그렇기 때문에 미리 이 자리에 온 뱀파이어는 없을 것이라 생각했다.

"아니. 저기에 이미 있잖아."

리나가 눈짓으로 등 뒤를 가리켰다.

그러자 카페 한쪽 구석의 공간이 시야에 들어왔다.

스터디 룸이라는 이름으로 만들어진 원형의 공간이었는데, 그 안에는 두 명의 사람이 있었다.

"저들이?"

"뱀파이어야. 둘 다."

"……."

현성의 눈빛이 날카롭게 번뜩였다.

확실히 스터디 룸은 깊숙하게 있는 탓에 햇빛과 같은 자연광이 들어오지 않는 곳이었다.

워낙에 날이 화창했기 때문에 입구 유리의 블라인드가 모두 올려져 있는 상태였지만, 그 와중에도 스터디 룸은 어두운 분위기가 강했다.

안에 앉은 두 남자는 벌써 몇 잔째 비웠는지 모를 아메리카노를 자리 앞에 쌓아두면서, 노트북으로 무언가를 보는 데 골몰하고 있었다.

대담한 놈들이었다.

한편으로는 대단하다는 생각도 들었다.

이렇게 많은 일반인.

그러니까 언제든 흡혈 대상으로 삼을 수 있는 존재를 두고도 그 욕구를 참을 수 있는 놈들이라니.

아마 그렇기 때문에 각 지부를 책임지는 리더로서 자리매김했을 것이다.

자신의 뱀파이어적 욕구에 휘둘리지 않는 자들.

현성은 그 수가 늘어나는 것을 경계하고 있었다.

"죽일까?"

리나의 표정이 차갑게 변했다.

리나는 현성이나 박 신부보다 더 뱀파이어에게 적대적이었다.

그녀가 존재하는 이유.

그리고 그녀가 홀로 남게 된 이유가 모두 뱀파이어 때문이 었으니까.

"회합 참여자라면 여기서 일을 벌이는 순간 모든 게 허사가 돼. 참아. 기회는 얼마든지 많아."

"후."

현성이 부들거리는 리나의 손을 붙잡았다.

처음부터 알고 있으면서도 숨기고 있다가 이제 와서 말한 것으로 봐서는 성격상 오래 참았던 듯싶었다.

[저희는 미리 커피 한 잔 하는 중입니다. 최근에 접선이 되기 시작한 다른 지부의 상황을 점검해 보는 중입니다. 얼마 전에 송탄 쪽에서 소규모의 그룹이 만들어진 듯합니다. 이쪽은 저희가 관리하다가 보고를 드리겠습니다. 아직 새내기들이라 그런지 모르는 것이 많습니다.]

그때, 단체 대화방에 글 하나가 올라왔다.

등 뒤의 녀석들이 올린게 분명해 보였다.

노트북으로 보던 것은 아마도 다른 지부에 대한 정보, 혹은 연락에 관련된 교류일 터였다.

계속 가지고 있었던 김성일의 핸드폰.

각 지부끼리는 핫라인으로만 연결된 폐쇄적인 구조 덕분

에 아직도 그들은 김성일의 죽음을 모르고 있었다.

현성은 김성일의 스마트폰을 이용해 단체 대화방에 글을 적어나가기 시작했다.

[저희 수원 지부에서도 곧 좋은 소식 알려드릴 수 있을 것 같습니다. 좀 더 진행이 되는대로 알려드리겠습니다.]

[호오, 수원 쪽에서는 어떤 소식입니까?]

[파밍에 관련된 것입니다. 좀 더 구체적으로 정리한 뒤 말씀드리겠습니다.]

[기대되는군요!]

지근거리에 서로를 두고 온라인 대화가 오갔다.

저들은 김성일의 핸드폰을 현성이 가지고 있다는 것을 알지 못하기에 아무런 의심 없이 말을 뱉어내고 있었다.

현성이 글을 올릴 때마다 두 사람이 무어라 대화를 나누는 것으로 봐서는 파밍에 꽤나 관심이 있는 듯 했다.

쪼옥― 쪼옥―

리나는 분을 삭히기 위해 아이스 카페모카를 한 잔 더 시키고는 쉴 새 없이 들이키고 있었다.

박 신부는 빠르게 비워져 가는 리나의 잔을 보며 멋쩍은 웃음을 지었다.

시간은 그렇게 오후를 지나 저녁으로 향했다.

*   *   *

"오늘은 화장이 잘 먹네."

그 시간.

김성희는 화장을 마무리하고 있었다.

신정우와 머물고 있는 집 안 여기저기에는 김성희가 빚어낸 산물이 여럿 자리하고 있었다.

언제든 생명을 불어넣으면 움직일 수 있는 것들.

그중에는 자신의 모습을 쏙 빼닮은 인형도 있었다.

"생얼은 영 아니라니깐."

김성희가 자신의 모습을 똑같이 본떠 만든 인형을 보며 중얼거렸다.

김성희의 개인실 안에는 이런 식으로 만들어진 인형이 수십이었다.

마치 마네킹 공장을 연상케 할 정도였다.

지금도 김성희는 왜 자신이 이런 능력을 얻게 되었는지 기억하지 못했다.

분명 무슨 일이 일어난 것은 맞는데, 왜 이렇게 됐는지를 알지 못하는 것이다.

그저 눈을 뜨고 났을 때.

자신이 만들고 빚어낸 조각물이 살아 숨쉬기 시작했던 것이다.

그때의 충격을 김성희는 여전히 기억하고 있었다.

그리고 죽어가는 사람의 심장을 움켜쥐고, 그 안에 조종의 기운을 불어넣는 작업도… 마치 오래전부터 알고 있었던 것처럼 그녀의 기억 속에 박혀 버렸다.

처음에는 외로운 나날의 연속이었다.

이런 엄청나고도 무시무시한 능력을 손에 넣은 그녀였지만, 마음은 여렸다.

세상이 두려웠다.

마치 치료할 수 없는 불치병, 그것도 전염병에 걸린 느낌.

과거 공포의 대상이었던 흑사병 정도라면 좋은 비유가 될까?

지나가는 사람들이 자신을 쳐다볼 때마다 이상한 것을 느낄 것만 같고, 이 사실이 알려지면 마치 영화 속에서나 나올 법한 조직에 끌려가 실험당하고 감금당할 것 같았다.

능력을 준 사람은 자신을 위해 쓰라고 준 것일 테지만, 김성희는 그럴 자신이 없었다.

그러던 도중, 블랙 신정우를 알게 되었다.

특별할 것 없던 조각가 김성희의 삶에 전혀 다른 터닝 포인트가 찾아온 것이다.

자신과 신정우는 그야말로 찰떡궁합, 천생연분이었다.

그는 자신에게 없던 것을 불어넣어 주었다.

자신감, 자존감.

그리고 남들 부럽지 않은 재력과 여유까지.

그와 함께 있는 일분일초는 즐거움의 연속이었다.

흥청망청 과소비도 해보고, 남들은 평생 가볼 수도 없을 호화로운 여행을 다녀오기도 했다.

그리고 그는 자신을 특별하게 만들어주었다.

뱀파이어가 섬기는 '그분'.

그분이 바로 자신이었다.

뱀파이어 군체(群體)의 꼭대기에 있었던 것이다.

정작 그녀는 뱀파이어가 아니었지만 말이다.

"오늘은 누구로 할까?"

김성희가 자신의 개인실에서 시선을 천천히 좌우로 돌렸다.

호리호리한 몸매를 한 남자부터 근육질 거구의 남자까지.

보이시하게 생긴 단발의 여성부터 소위 쭉쭉빵빵한 스타일의 글래머러스한 여성까지.

종류별로 다양한 인형이 서 있었다.

각자 육체적인 능력은 엇비슷했다.

물론 모체가 된 인물은 실재했던 사람이었다.

그 사람이 죽고 난 껍데기에 다시 살을 입힌 것, 그것이 바로 저들이었던 것이다.

쉽게 말하자면 김양철과 비슷한 존재였다.

죽었지만 고이 잠들지 못한… 전시된 영혼들이었다.

"부드러운 느낌을 주는 게 좋겠지. 너랑 너로 하자."

김성희가 가장 가까이 서 있던 글래머 타입의 여성 둘을 선택했다.

매끈한 알몸 상태인 그녀들.

김성희가 그녀들의 가슴 왼쪽에 손을 얹고 무어라 중얼거리자, 방금 전까지 전방을 응시한 채로 굳어 있던 그녀들이 움직이기 시작했다.

그리고는 방 한편에 마련 된 드레스 섹션에서 세미 정장 차림으로 옷을 갈아입기 시작했다.

흡사 여비서를 떠올리게 하는 느낌.

충분했다.

회합이라는 다소 딱딱한 단어로 꾸며진 자리이니 만큼, 그녀들은 분위기를 환기시키는 데 도움을 줄 것이다.

제 아무리 성욕이 없는 뱀파이어라 할지라도, 최소한 인간 근원의 생물학적인 본능 자체는 없을 리 없을 테니까.

뚜우우우— 뚜우우우—

"흐음, 오늘은 연락이 좀 안 되네."

출발 전, 김성희가 신정우에게 연락을 넣어보았지만 받지 않았다.

요 며칠, 신정우는 계속 밖으로 돌고 있었다.

과거의 사건과 관련된 인물들을 제거하기 위해서라고 했다.

김성희가 신정우를 알게 된 게 오래된 것은 아니기 때문에, 3년 전에 있었던 사건에 대해 자세히 알고 있지는 않았다.

불편한 과거의 진실.

굳이 김성희는 알고 싶지도 않았다.

그는 알아서 늘 잘 처리해 왔고, 뒤 끝도 없었다.

어련히 이번 일도 잘 처리할 것이라 생각했다.

김성희는 회합이 끝나는 대로 신정우와 함께 전국적으로, 그리고 체계적으로 뱀파이어 집단을 관리할 계획을 확정지을 생각이었다.

이번 회합은 각 지부별 규모와 능력을 확인하기 위한 일종의 검증 장소였던 것이다.

*   *   *

해가 지고, 저녁이 지나, 밤이 찾아왔다.

사람들이 붐비던 세영 아크로 타워 인근의 카페와 식당도 오후 11시쯤을 지나기 시작하자, 점점 인기척이 끊기기 시작했다.

유흥시설이나 술집의 대부분은 서너 블록을 족히 넘어가야 나오는 번화가에 있었기 때문에 사람이 점점 빠져나가는 것도 당연한 일이었다.

현성과 박 신부, 리나는 카페의 폐점 시간에 맞춰 밖으로 나섰다.

그전에 뱀파이어 일행 둘이 밖으로 나섰지만, 굳이 뒤를 쫓지는 않았다.

다만 회합에서 만나게 되면, 가장 먼저 제거 대상으로 삼을 것 같단 생각은 들었다.

"어둡긴 하군요."

박 신부가 건물 사이로 매섭게 불어오는 찬바람에 옷깃을 여몄다.

리나는 박스티에 청바지 차림이었다.

미키마우스가 그려진 박스티를 입고 있는 그녀의 모습을 보고 있자면, 이 여인이 과연 뱀파이어 사이를 헤집고 다니며 소위 '칼질'을 하는 여자인가 싶을 정도로 앳되어 보였다.

박 신부는 아예 트레이닝 복을 입고 있었다.

생각해 보니 현성 일행의 복장은 세 사람이 정말 제각각이었다.

정장 차림의 현성.

박스티와 청바지의 캐쥬얼한 조합인 리나.

그리고 동네 마실나온 듯한 동네 형 컨셉의 박 신부.

누가 이들의 모습을 보고 뱀파이어를 소탕할 사람이라 생각할까 싶었다.

"후훗."

현성은 괜스레 웃음이 났다.

일찌감치 밤하늘에 모습을 드러낸 보름달이 묵직하게 기운을 억누르고 있었지만, 알지 못할 유쾌함이 느껴졌다.

동료 하나만 늘었을 뿐인데도 이처럼 든든한 것이다.

"박 신부님."

"예?"

"궁금한 것이 하나 더 있습니다. 미처 생각지 못했던 부분이기도 하구요."

"얼마든지 물어보시지요. 우리 사이에 비밀이 있었던가요? 하하하."

박 신부가 호쾌히 웃었다.

상하의로 파란색 바탕에 검은 줄이 그려진 트레이닝 복을 입은 차림으로 웃는 박 신부의 모습에 웃음이 터져 나올 뻔했다.

오늘따라 박 신부에게서는 신부의 진중함보다는 유쾌함과 가벼움이 묻어나오고 있었다.

"만약… 지금의 이 상황이 더 악화되거나, 혹은 더 많은 힘을 필요로 하게 되는 상황이 온다면… 과연 신부님의 동료들은 힘을 합쳐주실까요?"

"음……."

현성의 질문에 박 신부는 잠시 생각에 잠긴 듯, 고개를 숙였다.

바로 예, 혹은 아니오로 나올 수 있는 성격의 것이 아닌 듯해 보였다.

"녀석들이 상처가 많아서 말이죠. 오랜 세월 동안 받아온 상처가 쌓이고 쌓여 잠적했으니, 확답은 드리기 힘들 것 같군요. 하지만 우리들의 힘겨운 투쟁을 모르고 있지는 않을 겁니다. 굳이 말하자면 방관이라고나 할까. 음, 지금은 딱 그 단어가 어울리겠군요."

"그런가요."

예상은 했지만 아쉬운 답변이었다.

영생을 산다는 건 그런 것일까.

살아온 세월이 남들보다 수 배는 더 되는 만큼, 받는 상처도 더 많을 것이다.

"외로움이 익숙한 사람들이지요, 저도 그렇습니다. 내가 키우던 아이들은 점점 성장하고, 커서, 결혼을 하고, 나이가 들어, 늙고, 그렇게 세상을 떠나는데… 난 여전히 이 나이에 그대로 멈춰있지요. 사랑이나 결혼, 아이는 사치와도 같습니다. 어느 순간에는 모두들 떠나 버리니까요. 홀로 남겨졌지만, 그렇다고 스스로 목숨을 끊을 수도 없는 그런 것이 영생이라고 할까요? 하하, 괜히 담배가 땡기네요."

박 신부가 담배 한 가치를 꺼내서는 입에 물었다.

요즘 부쩍 흡연량이 늘어난 박 신부였다.

현성은 대답 대신 박 신부의 어깨에 조용히 손을 얹어주었다.

항상 웃는 박 신부에게도 아픔은 당연히 있는 것이다.

괜한 질문을 했다는 생각이 들었다.

휘이이이—

잠시 적막이 감도는 바람이 불었다.

그리고 세 사람은 마치 약속이라도 한 것처럼, 다시 세영 아크로 타워를 응시했다.

*　　　　*　　　　*

"들어가죠."

적당히 사람의 인적이 드문 곳에서 현성과 박 신부는 얼굴을 손보았다.

박 신부가 준비해 온 몇 가지 재료를 얼굴에 붙이고 수염으로 마무리하자, 전혀 다른 모습의 외모가 만들어졌다.

현성은 10살은 족히 더 들어 보이는 30대의 남자처럼 모습이 변했고, 박 신부는 머리가 반쯤 벗겨진 중년 남성의 모습으로 변했다.

한편, 세영 아크로 타워의 정문에는 계속해서 차들이 드나들고 있었다.

그중에는 회합에 참여하는 것으로 보이는 자가 탄 차도 있었고, 아닌 것도 있었다.

현성 일행은 정문을 통해 1층 로비로 들어섰다.

세영 아크로 타워 자체가 5층까지는 원룸 식의 형태로 만들어져 있고, 6층부터 17층까지가 오피스텔 식으로 만들어져 있었던 것이다. 15층 위로는 임대가 잘 되지 않아 전부 공실이었다.

때문에 세영 아크로 타워에 들어온 몇몇 기업체는 소속 직원의 거처가 원룸 층인 경우도 꽤 많았다.

때문에 박 신부의 트레이닝복 차림도 어색하게 느껴지진 않았다.

실제로 로비를 오고가는 사람 중에는 몸에 쫙 달라붙는 팬

츠에 민소매를 입고 운동을 하러 가는 여자도 꽤 있었다.

"엘리베이터는 피하도록 하죠."

현성의 말에 박 신부와 리나가 고개를 끄덕였다.

엘리베이터는 CCTV가 달려 있다.

이미 얼굴을 손보고 난 다음이기는 했지만, 그래도 찜찜한 것은 사실이었다.

게다가 목적지가 15층이지 않던가?

밤 11시를 훌쩍 넘긴 시간.

보통 기업들이 입점해 있어 밤에는 불이 꺼지는, 15층 쪽을 향하는 손님들을 평범하게 생각해 줄 리는 없었다.

사삭. 사삭. 사삭.

바람이 스치는 소리만 날 정도로 아주 조용히 세 사람은 계단을 따라 15층으로 향했다.

"잠시."

15층 비상계단의 문을 열고 안으로 들어서기 전.

현성이 박 신부와 리나에게 신호를 보냈다.

두 사람이 대답 대신 고개를 끄덕였다.

변수는 항상 생각해야만 했다.

끼이이—

문을 열자, 어두운 15층 로비가 눈에 들어왔다.

기척은 느껴지지 않았다.

엘리베이터가 15층까지만 운행되기 때문에 그쯤에서 경계 검문을 하지 않을까 했지만, 어차피 16.5층으로 향하는 비밀 통로가 16층에 있는 만큼 신경 쓰지 않는 모양이었다.

"그럼 16층으로 가보도록 하겠습니다. 박 신부님과 리나는 연락을 기다려주세요. 계획했던 대로 가는 걸로."

"알겠습니다."

"알았어."

현성은 바로 16층으로 발걸음을 옮겼다.

그리고 박 신부와 리나는 15층 로비로 들어서서는 적당히 몸을 숨길 만한 곳을 찾기 위해 움직였다.

끼이이이—

이내 16층의 문을 열고, 현성이 안으로 들어섰다.

그러자 어두컴컴한 15층과 달리, 은은한 조명이 켜진 16층 로비가 눈에 들어왔다.

다닥다닥 공간이 붙어있는 자리의 연속이었다.

인기척은 느껴졌지만 사람은 보이지 않았다.

로비 안으로 들어선 현성은 천천히 발걸음을 옮기며 주변을 살폈다.

그때.

저 멀리서 불빛이 새어나오는 것이 보였다.

가장 구석에 보이는 사무실이었다.

현성은 문득 그런 생각이 들었다.

이 건물의 16.5층은 무슨 용도로 만들어진 것일까?

16층과 17층 사이에 있는 비밀 통로가 아니면 들어갈 수 없는 곳이다.

주거지와 사무실이 결합된 용도로 만들어진 건물에 비밀스런 장소를 만든 이유가 궁금했던 것이다.

현성은 불빛이 새어나오는 곳으로 이동하면서 문자로 박신부와 리나에게 내용을 보냈다.

[16층 로비도 문제없음. 로비 우측에서 우측으로 한 번 더 꺾으면 나오는 가장 작은 사무실 쪽으로 이동 중.]

물론 이 문자를 보고 올라오라는 것은 아니었다.

사전의 계획대로 두 사람은 가장 안전하면서 가까운 곳에 있다가 합류할 예정이었다.

동선은 뻔했다.

그럴 수밖에 없는 구조였기 때문에 서둘러 입구를 막고 대기하고 있을 이유가 없었던 것이다.

코너를 돌고, 또다시 한 번을 돌자 드디어 사무실이 보였다.

그러자 두 명의 남자가 모습을 드러냈다.

말끔하게 차려입은 정장.

하지만 그들에게선 뭔가 이질적인 느낌이 났다.

'이놈들도 그렇겠지.'

생각해 보니 입구를 지키는 사람도 당연히 뱀파이어일 터.

이 자리 자체가 뱀파이어가 아니면 초대받지 못할 공간이기도 했다.

"안녕하십니까? 어느 지부에서 오셨는지요?"

"수원, 김성일입니다."

정장 남성의 물음에 현성이 차분히 답했다.

이미 지부별 리더의 이름을 숙지하고 있었던 덕분인지, 남자는 이름을 들은 뒤 고개를 끄덕였다.

"예, 들어가시면 됩니다. 안으로 들어가셔서 좌측의 문을 열고 더 들어가시면, 16.5층으로 향하는 계단의 통로가 열려 있을 겁니다. 그쪽으로 쭉 올라가시면 바로 회합 장소로 이어지게 되어 있습니다. 가장 먼저 오셨군요."

"어쩌다보니."

"그럼 잠시만 기다려주십시오."

현성이 남성의 말에 고개를 끄덕이고는 무심히 안으로 들어섰다.

혹시나 이상한 낌새를 눈치챈 건 아닐까 싶었지만, 별다른 기색은 없었다.

[안으로 들어온 다음에는 좌측으로 들어오면 되는 상황. 계

단 쪽 통로는 현재는 열려 있으나 닫으면 보이지 않는 구조로 보임. 위치는 오른쪽 위, 그러니까 창문 근처. 이곳을 통해 올라가면 회합 장소로 이어짐.]

현성이 빠르게 문자를 보냈다.

안으로 들어서면서 방 안을 면밀히 살폈지만 온통 하얀 벽지를 제외하곤 아무것도 없었다.

평범한 사람이 본다면 아무것도 없는 곳인가 보다 하고 돌아설 만한 곳.

그곳이 지금은 가장 중요한 회합 장소가 되어 있었다.

안으로 들어선 현성은 조용히 숨을 고르며 마나를 회전시켰다.

'스승님?'

혹시나 하는 마음에 스승님에게 말을 걸어봤지만, 여전히 답은 없었다.

생각보다 오랜 기간의 두절이었다.

리나가 온 것으로 봐서는 아마 중대한 결단을 내리고, 이를 실행시키기 위해 큰 힘을 쓰신 것은 분명해 보였다.

하지만 그 이후의 소식을 알 길이 없으니 답답했다.

그나마 다행인 것은 리나가 기억하고 있는 로키스와 자르만, 일리시아에 대한 기억이었다.

리나는 로키스와 두 사람이 함께 있는 것을 보았다고 했다.

자신이 알고 있는 로키스는 매우 난폭한 괴짜 드래곤이지만, 자르만과 일리시아에게는 달랐다고 했다.

드래곤과 마법사 사이의 관계 같은 것은 잘 모르는 현성이지만, 적어도 이번 일에 있어서 두 스승님 외에 더 높은 존재가 개입했다는 점은 고무적인 사실이었다.

마치 대리전이 된 느낌이었다.

현성은 조형사 김성희라던가 블랙 신정우의 뒤에도 그런 존재가 있을 것이라 확신했다.

저마다 지구라는 세계 위에 자신이 부여한 능력을 지닌 능력자를 만들어놓고, 세상을 어떻게 변화시켜 가는지를 테스트하는 것이다.

'조만간 연락이 있으시겠지.'

현성은 느긋하게 생각하기로 했다.

재촉한다고 해서 빨리 올 연락도 아니다.

다만, 연락이 닿는 그 시점에 뭔가 자신에게 큰 변화가 일어날 것이라는 생각은 들었다.

리나를 보낸 그 시점부터 이 세계의 문제를 심각하게 받아들이고 있음을 두 스승이 스스로 인정한 셈이었기 때문에.

*　　　*　　　*

자정 무렵이 되자 속속 지부의 대표자들이 입장했다.

현성은 그때마다 자연스럽게 김성일의 행세를 하며 인사를 나누었다.

무거운 자리이기 때문인지, 각 지부의 리더들은 달리 말을 많이 섞지는 않았다.

간단히 자신이 맡고 있는 지부와 이름만 소개를 하고는 '그분' 김성희가 오길 기다리는 모습이었다.

확실히 감쪽같았다.

현성이 몇 번이고 자신의 모습을 카메라에 비춰 다시 보곤 했지만, 자신의 예전 모습은 찾으려야 찾아볼 수가 없었다.

없던 수염을 덥수룩하게 붙여놓으니 더더욱 그러했다.

현성은 회합에 참여한 자들의 면면을 살폈다.

나이는 많아 보이는 사람은 40대 초중반, 젊어 보이는 사람은 현성과 동갑내기로 보이는 사람도 있었다.

수는 총 열다섯이었다.

적은 숫자는 아니었다.

이 방 안이 전쟁터가 되면, 아비규환이 될 것은 불 보듯 뻔했다.

현성이 노리는 바이기도 했다.

현성은 이미 보이지 않게 마나를 방 안 곳곳에 흘려 보내고 있었다.

마나에 냄새나 색깔이 있었다면 진작 알아차렸겠지만, 그 존재 자체도 알 리 없는 뱀파이어들은 저마다 스마트폰을 만지작거리며 자신의 지부에 소속된 자들과 연락을 주고받는 모습이었다.

"오십니다!"

그때, 밖에서 남자의 목소리가 들렸다.

아마도 정장을 차려 입었던 남자의 목소리일 터.

현성은 우선 자신의 스마트폰에 걸린 잠금 설정을 해제한 뒤, 아무 글자나 입력해 두었다.

신호를 위한 준비였다.

전투가 시작되면, 이 문자를 받은 박 신부와 리나가 15층에서 출발할 것이다.

따각따각. 따각따각.

멀리서부터 구두 소리가 들렸다.

그 소리가 점점 가까워지고.

드디어 저 멀리서 한 여인의 모습을 드러냈다.

그분, 김성희였다.

'역시 저 여자가……'

현성은 단번에 김성희를 알아보았다.

잊을 리 없는 얼굴이었다.

폐교에서 만났던 그녀.

죽은 김양철을 수족처럼 부리며 싸웠던 사람.

그녀가 현성의 바로 앞에 서 있었다.

"어서 오십시오."

"반갑습니다, 처음 뵙겠습니다."

"영광입니다."

누가 먼저랄 것도 없이 자리에서 일어나, 방 안으로 들어서는 김성희를 향해 인사했다.

현성도 자연스럽게 김성희를 향해 인사를 건넸다.

"반가워요. 모두들 빠짐없이 와줘서 정말 기쁘군요. 보고 싶었던 사람들이라 더더욱 그런 것 같네요."

"하하하하."

김성희의 나긋나긋한 말투가 회의장의 무거운 분위기를 누그러뜨렸다.

김성희의 양옆에는 선글라스를 쓴 두 명의 여인이 서 있었다.

마치 짜여진 자세라도 있는 것처럼, 두 여인은 열중쉬어 자세를 한 상태로 김성희의 양쪽에 1.5m 정도의 간격을 두고 서 있는 모습이었다.

"먼저 각 지부별로 상황을 좀 들어볼까요. 우리는 이제 전국적으로 활동의 폭을 넓힐 생각이에요. 무슨 말인지 알죠?

이 자리에 계신 분들이 주역이 될 시간이라는 이야기예요. 그러려면 얼마나 효과적으로 집단을 통제해 왔고, 어느 정도 규모로 키워왔는지를 자세하게 들어볼 필요가 있거든요. 이참에 자기 PR을 해준다면 더 좋겠죠?"

김성희의 말은 나긋나긋한 듯하면서도 필요한 핵심을 모두 담고 있었다.

아마 현성이 이 뱀파이어 집단에 소속된 사람이었다면, 그런 김성희의 모습에 더욱 존경심을 가졌을 것이다.

적어도 이곳에서 보이는 그녀의 모습은 빈틈없는 꼼꼼한 리더의 모습이었다.

"용인이 먼저 말씀드리겠습니다. 저는 용인 지부를 담당하고 있는 김광철이라고 합니다. 저희는 파밍 라인을 확보하는 데 주력하고 있습니다. 개체를 찾는 일이 어렵기 때문입니다. 이미 시 외곽에 쓸 만한 공장을 하나 인수해 둔 상태입니다. 실제로 문구점이나 대형 마트에 납품하고 있는 인형을 제작하고 있는 곳이기도 하구요. 그 지하에 마련된 대형 창고에 개체가 있습니다. 수는 이백 정도 됩니다. 충분한 숫자죠. 그리고 공장에서 일하고 있는 직원 전부가 동류(同類)입니다. 생산 활동과 소비 활동을 동시에 할 수 있다고 할까요. 아지트로서도 매우 만족도가 높습니다."

김광철의 말에는 거침이 없었다.

자신감에 가득 찬 얼굴이었다.

김성희는 계속해서 김광철의 경청하며, 그의 말을 메모하고 있었다.

그러자 김광철이 김성희가 수고스러운 일을 하고 있다고 생각했는지, 정면의 책상 위에 놓인 프로젝터를 켰다.

"그렇게 일일이 쓰지 않으셔도 됩니다. 제가 너무 말부터 늘어놓았군요. 좀 더 자세히 설명 드리겠습니다. 자, 이 지도를 보십시오."

"……."

현성이 조용히 침을 삼켰다.

빔 프로젝터를 통해 정면에 보이기 시작한 것은 위성사진으로 표현된 지도였다.

아래에는 주소와 위치까지 자세하게 표기되어 있었다.

"사진을 보시면 이 공장이 저희가 인수한 곳입니다. 그리고 반경 1km 안에는 우선 다른 시설이 없습니다. 주변과 완벽하게 차단되어 있고, 옆을 통과하는 도로는 정체라든가 중간에 차가 설 이유가 없는 허허벌판입니다. 도로가 있어 접근성은 용이하지만, 외부인이 출입할 가능성은 적습니다. 그리고 혹시라도 위급한 상황이 닥쳤을 때를 대비하기에 충분한 곳이기도 합니다. 주변의 땅값도 크게 비싸지 않기 때문에 추가로 매입한 뒤, 적당히 가건물을 지어 아지트로 쓰기에도 용이합니다."

"정말 매력적이네요. 비용이 만만치 않게 들었을 것 같은데."

"저희 지부 쪽 구성원 중에 부유한 자가 꽤 있습니다. 그 외에도 다양한 경로로 입수한 재화도 있고, 과정은 말씀드리기 복잡합니다만 결과물은 이렇습니다. 이상입니다."

짝짝짝.

김광철의 임팩트 있는 설명이 감흥을 불러일으킨 것일까?

지켜보던 다른 리더들이 모두 박수를 쳤다.

현성도 자연스럽게 그들의 틈에서 감탄한 듯 박수를 치는 시늉을 했다.

김성희는 김광철의 브리핑에서 핵심이기도 한 파밍에 큰 관심을 갖는 모습이었다.

"개체 2백을 확보했다고 했는데. 관리에 문제는 없던가요? 저 정도의 수라면 내가 볼 때는 매일 어느 정도의 손실도 발생할 것 같은데."

"쇼크사 혹은 자살로 목숨을 끊은 개체를 제외하고는 없습니다. 저희 집단에는 의사인 동료도 있습니다. 어떻게 보면 강점이라고 할 수도 있지요."

"아예 없다?"

"예. 현재 1개월간 파밍 중이지만, 위의 경우 제외하고는 없습니다. 조작된 것이 아니라고 증명할 수도 있습니다. 매일 각 개체별로 상태를 사진으로 찍어 보관하기 때문에."

표현할 때마다 개체, 개체 하는 것이 현성의 귀에는 매우 거슬렸다.

그들에게 있어 일반인은 그저 먹잇감 정도로밖에 취급되지 않는 것 같았다.

정작 본인들도 뱀파이어가 되기 전에는 일반인이었던 사람들이다.

하지만 마치 다른 높은 신분의 존재가 된 것처럼, 애완동물을 다루듯이 이야기를 이어가고 있었다.

현성만 속으로 발끈하고 거슬렸을 뿐, 나머지 모두는 오히려 낄낄 거리면서 정말 부럽다느니, 골고루 피를 맛보고 싶다느니 하는 농담을 하는 것이었다.

"용인 지부의 강점은 파밍이군요. 상당히 마음에 들어요. 이런 형태로 사업을 확장시켜 나간다면, 우리가 궁극적으로 추구하는 '피해를 주지 않는 삶'을 완성시킬 수도 있겠죠. 얼마나 큰 결단이겠어요? 그 결단을 이미 용인 지부에서는 현실로 만들었군요."

"과찬이십니다."

"마음에 들어요. 자, 다음 얘기를 들어볼까요?"

김성희가 만족스런 표정으로 고개를 끄덕이며, 김광철의

옆에 있던 리더에게로 시선을 돌렸다.

*   *   *

　브리핑은 계속됐다.

　현성은 브리핑에서 나오는 이야기를 단 하나도 빠짐없이 챙겨 듣고 있었다.

　첫 회합.

　그분을 만나는 일이기에 더 꼼꼼하게 준비해 왔는지, 저마다 준비해 온 자료를 보여주고 설명하는데 여념이 없었다.

　그들은 모르겠지만, 현성은 계속해서 노출되고 있는 중요 정보에 대해 빠르게 기록하고 있었다.

　회합에 참석한 자들에 대한 믿음 때문일까?

　아지트의 위치나 주소에 대한 정보도 술술 흘러 나왔다.

　그곳들은 십수 명 따위의 소수 인원이 상주하고 있는 곳이 아니었다.

　최소한 100명 이상.

　대단위의 뱀파이어가 거주하는 곳으로 현성이 노리는 거점들이기도 했다.

　상황은 예상한 것보다 심각했다.

　기본적으로 뱀파이어 집단은 상당한 파밍 라인을 구축한

상태였다.

얼추 이것저것 평균치를 내보니, 뱀파이어 하나 당 일반인 하나를 먹잇감으로 들고 있는 셈이었다.

실제로 대부분의 집단의 목표가 그러했다.

1인 1파밍을 하는 것.

현재 늘어나는 뱀파이어 개체의 수를 고려한다면, 기하급 수적으로 희생될 일반인의 수가 짐작이 갔다.

브리핑은 계속해서 이어졌다.

현성이 가장 마지막 차례였기 때문에, 현성은 내용에 집중 하고 또 집중했다.

그나마 다행인 것은 지방에는 뱀파이어 군체가 크게 활성 화되지 않았다는 점이었다.

애초에 뱀파이어의 시발점이 서울이었기 때문에 서울과 경기, 인천에 대다수의 뱀파이어가 상주하고 있다고 해도 과 언이 아닌 셈이었다.

아직까지는 전국구라고 할 정도는 아닌 것이다.

하지만 이렇게 체계적으로 조직화된 단체가 움직이기 시 작한다면, 그때는 전국적으로 확대되는 것도 불가능한 일이 아니었다.

개인의 의사에 관계없이 흡혈을 당하는 순간 형질이 변 해 버리는 것이 이 악독한 뱀파이어 고리의 본질이었기 때문이다.

"저희 의정부 쪽에서는……."

이제 다음이 현성의 브리핑 차례였다.

현성은 회의실 내에 가득 찬 마나의 상태를 점검했다.

발출과 회복을 반복하며, 방 안을 가득 채운 마나들.

양은 충분했다.

현성이 그린 그림대로라면 시작부터 아수라장이 될 것이다.

'단 한 놈도 살려 보낼 수 없어.'

현성의 입술이 결연한 의지로 다물어졌다.

그 사실을 아는지 모르는지, 모두 브리핑에 전념하는 모습이었다.

현성은 계속 김성희를 응시했다.

그녀가 이 일의 핵심, 근원이라고 할 수는 없다.

하지만 신정우와 가장 가까이 있는 인물임은 확실했다.

그녀를 죽인다면, 신정우의 오른팔을 잘라내는 것이나 다름없는 것이다.

"…이상입니다."

이내 현성의 앞에 있던 리더의 보고가 끝났다.

그 순간, 현성은 주머니 속에 있던 핸드폰의 송신 버튼을 눌렀다.

정확히 10초다.

10초가 지나면 모든 것이 시작된다.

드르륵.

현성이 의자를 뒤로 밀고 자리에서 일어섰다.

그리고 자신에게 집중된 시선을 마주한 채, 정중하게 고개를 숙였다.

"안녕하십니까, 수원지부를 담당하고 있는 김성일이라고 합……."

"왠 놈이냐!"

바로 그때.

입구에서 시끌벅적한 소리가 들려왔다.

'왔구나.'

정확히 10초였다.

문자가 발송되고, 10초 뒤에 입구에서 교전이 시작된 것이다.

"파이어 월!"

현성이 바로 파이어 월을 전개했다.

"블링크!"

동시에 블링크 마법도 연이어 전개했다.

화아아아아악!

퍼어어엉!

"크아아아아악!"

"으끄아아아악!"

순식간에 회의실은 아수라장이 됐다.

방 안을 가득 채운 마나가 현성의 파이어 월을 기폭제로 삼아 사방에서 불길로 바뀌었기 때문이다.

현성은 블링크를 사용해 바로 방을 빠져나왔고, 피해는 없었다.

쿵쿵쿵쿵! 쿵쿵쿵쿵!

하지만 그때.

예상 밖의 상황이 벌어졌다.

현성과 박 신부, 그리고 리나가 전혀 신경 쓰지 않았던 곳.

17층에서 상당수의 인원이 빠르게 움직이는 소리가 천장을 통해 들려오기 시작한 것이다.

*　　*　　*

"방향을 입구 쪽으로 잡죠!"

"알겠어요!"

박 신부와 리나가 입구의 두 남자를 제압하고는 바로 방향을 틀어 16층 로비로 향했다.

폭발과 동시에 인원이 움직인 것으로 봐서는 연관성을 의심하지 않을 수 없었기 때문이다.

아니나다를까, 그 엄청난 발소리의 목적지는 16층이었다.

끼이이이.

문이 열리고.

"들어가요!"

가장 먼저 고개를 들이민 녀석의 얼굴을 확인한 리나가 소리쳤다.

볼 것도 없었다.

뱀파이어였기 때문이다.

아마도 어느 지부에서 데려온 집단인 듯싶었다.

'그분'을 만나는 장소이니만큼, 인사를 시키고 싶었을 터다.

15층부터는 전부 공실이니 어딘가에서 기다리고 있어도 이상할 것 없었다.

현성도 입구 쪽에서 벌어지는 상황을 어느 정도 짐작했다.

하지만 지금은 박 신부와 리나를 믿고, 이 자리에 참여한 가장 본연의 목적에 충실해야 했다.

그것은 뱀파이어의 우두머리, 김성희를 제거하는 것이었다.

"하아. 하아. 하아. 이, 이게, 이게……."

김성희가 몸을 비틀거렸다.

양옆에는 그녀를 지키던 여자가 서 있었다.

하나는 얼굴이 반쯤 타버렸고, 하나는 차려 입은 정장 뒤가 찢겨져 나간 상태였지만 둘은 조용했다.

이것이 김성희를 지켜주는 조형물의 장점이었다.

고통을 느낄 줄 모르고, 동력이 끊어지기 전까지는 손발이 다 잘려나가도 움직이는 것이다.

순식간에 끝이 났다.

즉사(卽死)라는 단어는 지금과 같은 상황에 가장 잘 어울렸다.

방 안에 있던 다른 지부의 리더들은 순식간에 몸 전체를 덮친 불길에 그대로 즉사했다.

불붙은 공기를 그대로 들이마시고 기도에서부터 호흡기까지 전부 타들어간 탓에 숨도 제대로 못 쉬고 질식사한 것이다.

그나마 목숨을 부지한 자들도 불길에 휩싸여 괴롭게 소리치다가 이내 한 줌의 재가 되어 사라졌다.

삑삑—

김성희가 바쁘게 핸드폰 버튼을 눌렀다.

—예.

그 너머로 들려오는 목소리.

"올라와 줘. 상황이 좋지 않아. 내가 방심했어."

―예.

짧은 대화가 오고 가고, 김성희가 전화를 끊는 그 순간.

파앗―

김성희의 앞에서 한 남자가 모습을 드러냈다.

현성이었다.

"하앗!"

"꺄악!"

김성희가 놀랄 새도 없이 현성이 강화 된 마나 건틀릿으로 그대로 김성희의 가슴을 후려쳤다.

그러자 김성희의 몸이 포물선을 그리며 뒤로 날아갔다.

"매직 미사일!"

연이어 현성이 매직 미사일을 양옆에 서 있던 인형에게 전개했다.

사사사사삭―

그리고 이어지는 빠른 헤이스트.

인형이 미처 반응을 하기도 전에 현성은 어느새 그 둘의 뒤에 서 있었다.

쫘악!

현성이 바로 두 인형의 목덜미를 붙잡았다.

마나 건틀릿의 힘은 강력했다.

현성은 그대로 양손에 힘을 강하게 불어넣었다.

그러자 현성의 손에 쥐어진 인형의 목이 점점 바람 빠진 풍선처럼 쪼그라들기 시작하더니, 이내 뻑 하는 소리가 나면서 기괴하게 뒤틀렸다.

김성희의 표정이 흙빛으로 변했다.

덥수룩한 수염을 가진 이 남자.

초면이었다.

한데 왜?

하지만 김성희의 생각은 그리 오래가지 않았다.

그가 만들어 낸 이 아수라장의 현장을 보았기 때문이다.

엄청난 능력자였다.

그리고 그의 노림수의 끝은 정확히 자신을 향하고 있었다.

스으윽― 스으윽―

김성희가 다시 차분하게 마음을 먹고 분주하게 손짓하기 시작했다.

그러자 이미 숨이 끊어졌던, 하지만 아직 육신은 남아있는 몇 개의 뱀파이어 시체가 움직이기 시작했다.

온몸은 흉물스럽게 타들어가고 녹아 없어진 상태였지만, 자신의 의사에 관계없이 움직이기에 상관없었던 것이다.

"파이어 월!"

현성이 그대로 불의 장벽을 쳤다.

"꺄아악!"

불길은 강력했다.

김성희는 이 남자가 쓰는 엄청난 능력, 마법의 위협적인 광경에 반쯤 넋이 나가 있었다.

신정우의 현란한 검술이나 신체적인 능력도 처음 보았을 때도 충격의 대상이었지만, 그때도 이 정도는 아니었다.

이것은 정말 마법이었다.

비현실의 극치.

바람이 날아다니고, 불길이 치솟고, 전류가 사정없이 몰아치는 이 광경.

쿠웅!

파이어 월의 불길에 갇힌 뱀파이어 둘은 두 다리가 모두 녹아 문드러져 없어지자, 더 이상 중심을 잡지 못하고 앞으로 고꾸라졌다.

"꺄악!"

"크으으윽!"

그때, 입구 쪽에서 리나의 비명 소리가 들려왔다.

동시에 포물선을 그리며 유리면 쪽으로 나가떨어지고 있는 박 신부의 모습도 눈에 들어왔다.

은사와 은탄도 이런 좁은 공간의 육탄전에서는 효과적으

로 쓸 수 없었던 것이다.

게다가 리나의 난전도 엄청난 수의 뱀파이어를 상대로는 쉽지 않았다.

어떤 놈의 생각이었는지는 몰라도, 결과적으로는 김성희를 돕는 신의 한수가 된 것이다.

현성은 김성희와 바닥에 널브러져 있는 두 명의 동료를 동시에 응시했다.

김성희를 선택하면 당장에 박 신부와 리나가 죽을 수도 있었다.

이미 성난 뱀파이어가 두 사람을 죽일 기세로 밀려들고 있었다.

어차피 통로는 하나다.

제 아무리 김성희라고 해도 통로를 통과하지 않고 나갈 방법은 없다.

"블링크!"

결정을 내린 현성이 망설일 것 없이 바로 블링크를 전개했다.

그러자 김성희에게서 멀어지고, 박 신부와 리나의 바로 앞에서 현성의 신형이 드러났다.

"죽여 버려!"

뱀파이어들의 움직임에는 거침이 없었다.

박 신부 역시 변용을 통해 다른 얼굴을 하고 있었던 탓에 그가 뱀파이어 헌터임을 알아차리는 자가 없었던 것이다.

"하아아앗!"

현성이 일갈하며 매직 미사일 세례를 퍼부었다.

퍼퍽! 퍽! 퍽!

"으컥!"

"커커컥!"

사방으로 뻗어져 나간 매직 미사일이 뱀파이어들의 육체를 강타했다.

"윈드 스피어!"

이번에는 날카로운 바람의 창이었다.

현성의 손끝을 떠난 날카로운 기운이 순식간에 뱀파이어 무리의 정중앙을 가르며 날아갔다.

사각! 서걱! 사각!

"억……?"

그중에 정면으로 윈드 스피어를 가격당한 뱀파이어 셋이 그대로 깔끔하게 목이 잘려져 나간채로 숨을 거두었다.

지이잉!

자연스럽게 생성된 마나 건틀렛.

현성은 그 틈새를 파고들어 박 신부를 노리던 뱀파이어의 목을 그대로 움켜쥐었다.

"억!"

그 상태로 현성은 몸 안의 마나를 빠르게 방출시켰다.

그러자 현성의 손끝을 타고 뱀파이어의 몸 전체로 빠르게 마나가 흡수되기 시작했다.

이것은 마치 화약을 잘 채워 넣은 폭탄과도 같았다.

"한 번에 끝을 보자! 하아아아앗!"

현성이 기합을 지르며, 그 상태로 몸을 360도 회전시키며 뱀파이어의 몸을 무리 사이로 던졌다.

그리고.

"파이어 볼!"

현성의 왼손이 허공에 호선을 그렸다.

그대로 화염구체가 녀석의 가슴팍을 향해 날아갔다.

쉬이이익!

파공음과 함께 날아간 화염구체.

그리고 일순간 적막이 감돌았다.

동료들이 자신에게 날아온 뱀파이어의 가슴에서 시작된 정체불명의 불씨에 심상치 않은 상황을 직감하려는 그 찰나!

퍼어어어엉!

거대한 폭발이 일었다.

폭탄이 터진 듯한 엄청난 열풍(熱風)이었다.

현성이 바로 쉴드를 펼쳤다.

덕분에 직격으로 불어오는 열풍과 산산조각난 뱀파이어의 살점이 쉴드에 막혀 바닥으로 툭 하고 떨어졌다.

그야말로 볼링의 스트라이크와도 같은 상황.

방금 전까지 수십이 우글거리던 로비는 마치 폭탄이 떨어지고, 그 후폭풍에 나무들이 원형으로 꺾여 쓰러진 것처럼 숨이 끊어진 뱀파이어의 시체로 즐비했다.

바로 그때.

타타타타탁!

시야에서 빠르게 나타났다 사라지는 것이 있었다.

교전의 틈을 타, 로비를 통해 통로 밖으로 빠져나가려는 김성희의 모습이었다.

"크와아아아!"

"제기랄!"

김성희의 뒤를 바로 따라붙으려는 찰나, 그녀에게 조종되어진 뱀파이어의 시체들이 일제히 현성에게로 붙었다.

사각! 사각!

쐐애애액! 쐐애애액!

"이런 진드기 같은 놈들!"

"아, 징글징글해!"

몸이 조금도 움직일 수 없는 상황에 이를 때까지 오로지 김성희의 명령만을 수행하는 것들.

때문에 뱀파이어의 시체들은 온몸이 난도질당하고 살점이 터져 나가도 아랑곳없이 세 사람의 진로를 방해하는데 집중했다.

이것이 김성희의 능력이었다.

그녀에게 있어 죽은 시체들은 오히려 조종하기 좋은 대상일 뿐이었다.

"블링크!'

현성이 다시금 블링크를 시전했다.

김성희가 살아서 나가면 아무 의미가 없어진다.

그러자 현성의 몸이 통로 쪽으로 빠르게 이동됐다.

순간 뱀파이어들의 시선도 현성에게 일제히 쏠렸다.

하지만 이번에는 박 신부와 리나의 대응이 빨랐다.

사사삭!

박 신부는 뱀파이어 사이를 훌쩍 뛰어넘고는 통로로 향하는 길목 여기저기에 빠르게 은사를 쳤다.

리나는 몇몇의 빈틈을 막기 위해 자리를 잡고는 매서운 눈빛으로 그들을 응시했다.

"크크크."

뱀파이어 시체들은 상관없다는 듯 계속해서 앞으로 걸어왔다.

눈앞에서 날카로운 은사가 예기를 빛내고 있었지만, 그들은 사고가 없는 존재들이었다.

꾸우우욱—

주르르르륵—

무턱대고 들어서는 뱀파이어들.

은사가 날카롭게 살점을 베어 나갈 때마다 핏물이 뚝뚝 흘러내렸다.

동시에 한 줌의 재로 화하여 사라졌다.

판단력이 없는, 이미 숨이 끊어진 시체들이다.

그들은 그렇게 자신이 수행했는지도 모를 명령을 따르고는 먼지처럼 사라졌다.

한편, 현성은 김성희의 뒤를 쫓고 있었다.

그녀는 혼자였다.

지켜주던 여성들도 이미 움직임을 멈춘 뒤였다.

나선형으로 계속 아래로 내려가야 하는 이런 계단 구조에서는 블링크를 쓰기에는 애매했다.

헤이스트도 비효율적이었다.

"매직 미사일!"

"꺄악!"

현성이 한 층 정도 앞서 내려가고 있는 김성희를 향해 날린 회심의 일격이 명중했다.

"훗차!"

현성이 단숨에 김성희에게로 도약했다.

그리고 그녀의 얼굴을 그대로 붙잡았다.

대화를 나누고 싶은 생각도 없었다.

그녀는 존재 자체로도 죽어 없어져야 한다.

그것이 결론이었다.

꾸우우우욱!

마나 건틀릿으로 강력해진 양손!

현성이 그대로 그녀의 머리를 짓눌렀다.

"끄아아아악!"

그러자 그녀의 얼굴이 일그러지며, 이내 비명 소리가 터져 나오기 시작했다.

땡!

쿵! 쿵! 쿵!

"……?"

하지만 바로 그때.

변수가 발생했다.

갑자기 엘리베이터가 멈추는 소리와 함께 지축을 울리며 가까워진 무언가의 소리.

콰앙!

거의 동시라고 해도 무방할 시간에 문이 열렸다, 아니 박살나 허공을 갈랐다.

그리고 모습을 드러낸 것은 2m 정도의 키에 현성의 세 배 이상의 덩치를 지닌 듯한 남자의 모습이었다.

순간 현성은 직감했다.

동료는 아니겠구나.

그의 시선은 김성희에게로 향해 있었다.

이 상태로 마법 한 번만 시전해도 김성희를 죽일 수 있을 것 같았다.

하지만 시간이 충분하지 못했다.

그놈과 너무나도 지근(至近)거리였다.

현성은 차선책을 선택하기로 했다.

슈우우우우욱―

현성이 순간적으로 전신을 가득 메우고 있던 마나의 칠 할을 빠르게 김성희에게로 밀어냈다.

그리고 김성희 본인도 느끼지 못할 찰나의 순간에 그녀의 기억을 통제하고, 일거에 모든 것을 날려 버렸다.

워낙에 현성이 보유한 마나의 양이 방대하고, 김성희가 겁에 질려 정신적인 빈틈이 많은 상황이었기 때문에 가능한 일이었다.

"이야아아아!"

거구의 거인이 고함을 내지르며 현성을 향해 돌진했다.

현성은 단 한 번 정도는 탐색전 차원에서 괜찮겠다 싶은 생각에 그대로 마나 건틀렛의 힘이 담긴 오른손을 놈을 향해 내뻗었다.

뻐억!

"크윽!"

그 순간, 엄청난 울림이 손끝을 타고 전해졌다.

마나 건틀렛이 아니었다면, 손은 물론이고 팔목까지 부러졌을 것 같은 괴력의 힘이었다.

"매직 미사일!"

혹시나 하는 생각에 현성이 몸을 뒤로 날리며 마법 하나를 전개해 보았다.

뻐억—

거인의 등에 명중한 매직 미사일.

하지만 놈은 미동조차 하지 않았다.

신음 소리조차 내지 않은 것이다.

그리고는 멍한 표정으로 허공을 응시하고 있는 김성희를 품에 안았다.

현성은 각을 쟀다.

좀 더 공략해 볼 여지가 충분해 보였다.

하지만 현성이 놓친 변수는 거기서 끝나지 않았다.

파앗—

허공으로 몸을 날린 거인은 김성희를 껴안은 채로 나선형의 계단, 정중앙에 뻥 뚫린 공간을 타고 15층에서 1층까지 빠르게 떨어져 갔다.

쿠웅!

이내 1층에서 묵직한 소리가 터져 나왔다.

녀석은 멀쩡했다.

그리고 품에 안은 김성희도 마찬가지였다.

예상조차 할 수 없던 도주였다.

"……."

너무나도 무모한 방식의 도주.

현성은 김성희를 죽이지는 못했어도, 정신 나간 사람으로 만든 것에 만족해야 했다.

그걸로 충분했다.

그녀를 완벽하게 치료할 방법을 찾지 못하는 한, 김성희는 자신의 이름부터 시작해 모든 기억을 되찾지 못할 것이다.

현성의 마인드 컨트롤이 그녀의 기억 전부를 삭제해 버렸기 때문이다.

*　　　*　　　*

한밤중의 혈투는 그렇게 끝이 났다.

회합에 참석한 각 지부의 리더는 모두 몰살당했다.

현성의 압도적인 힘 앞에서는 리더라 불리는 자들의 실력도 여전히 무력했다.

김성희의 방심이 부른 참극(慘劇)이었다.

제 아무리 용의주도한 그녀라도, 리더들 사이에 현성과 같은 능력자가 있을 것이라고는 상상조차 못했으리라.

단 한 번의 실수였지만, 김성희에게는 뼈아픈 타격이 되었다.

뿐만 아니라 이것만으로도 뱀파이어에게는 큰 경고가 되었을 터.

자신들을 이끌어주던 리더가 죽었으니 자연스럽게 와해되거나, 혹은 현성에 대한 두려움을 갖게 될 터였다.

하지만 현성은 여기서 끝낼 생각이 없었다.

"정비하죠. 출발해야 합니다."

"갑니까?"

"중요한 정보를 입수했습니다. 이제부터 우리는 이곳을 모두 소탕할 겁니다."

현성이 스마트폰에 저장해 둔 메모를 두 사람에게 보여 주었다.

메모된 내용에는 각각의 뱀파이어 아지트의 주소가 자세히 적혀 있었다.

브리핑에서 언급되었던 곳이었다.

"최대한 신속하게 움직이는 것이 좋겠군요."

"오늘 밤에 끝을 보는 겁니다."

현성이 결연한 표정으로 답했다.

그리고 세 사람은 한바탕 전투로 아수라장이 된 세영 아크로 타워를 뒤로한 채, 다음 목적지로 향했다.

3장
대대적인 소탕

세 사람은 함께 움직이지 않고 흩어졌다.

충분히 그럴만한 힘이 있었기 때문이다.

다만 다수를 상대로 한 난전이 가장 어려운 박 신부는 아지트 중에서도 규모가 작은 곳으로 이동했다.

가장 신이 난 것은 역시 리나였다.

리나가 선택한 곳은 용인 지부였다.

"담배나 한 대 피고 들어가지."

"불침번(不寢番) 설 것까지 있나. 어차피 경찰은 코빼기도 안 보이는 곳인데."

"그래도 뭐 어쩔 수 있냐. 형님이 그렇게 하라면 하……."

사아악!

툭.

뱀파이어 용인 지부가 위치한 공장 아지트 앞.

밖으로 나와 담배를 태우던 뱀파이어 남자 둘 중, 한 남자가 말을 채 끝맺지 못하고 담배꽁초를 떨어뜨렸다.

"왜 말을 하다가 말… 헉!"

갑자기 말이 없어진 동료.

옆에 있던 남자가 동료에게로 시선을 돌렸다.

그러자 이미 주인을 잃은 목이 바닥을 향해 떨어지고 있는 것이 한 눈에 들어왔다.

그리고 바로 등 뒤에서 싸늘한 느낌이 온몸을 파고 들어왔다.

푸우우욱!

"큭!"

등 뒤에서 왼쪽 가슴을 뚫고 나온 대검.

한마디의 비명 말고는 더 이상 소리조차 지를 수 없었다.

서걱!

나머지 대검 하나가 그의 목을 반으로 갈랐다.

푸슈슈슉!

하늘로 솟구치는 피.

두 남자는 자신이 죽었다는 사실조차 깨닫기 전에 숨이 끊어졌다.

"이렇게 밋밋해서야."

리나가 얼굴에 튄 한 줄기의 피를 닦아내며 중얼거렸다.

이 세계의 뱀파이어는 정말 물러터진 것들이었다.

꾸준히 빠르게 증식하고 있다는 것이 문제지, 뱀파이어 자체는 아직 자신의 능력을 제대로 각성조차 못한 녀석들이 많았다.

물론 지금까지 계속 잔챙이만 상대해 와서 그런 것일 수도 있었다.

하지만 이런 식이라면 현재 확보된 뱀파이어 아지트를 소탕하는 일은 그리 어렵지 않아 보였다.

리나는 지하 아지트에서 나와 밖을 배회하고 있는 뱀파이어부터 하나하나 암살(暗殺)했다.

딱 보기에도 이제 갓 뱀파이어가 된 녀석이 대부분이었다.

저마다 이런저런 사연이 있겠지만, 리나에게는 그저 없어져야 할 놈들일 뿐이었다.

바람을 쐰답시고, 산책을 한답시고 1층으로 올라와 있던 뱀파이어들은 순식간에 리나의 손에 비명횡사했다.

그리고 통로 파악을 끝낸 리나는 처음부터 미리 준비해 왔던 무기를 꺼냈다.

이 세계에 도착한 뒤, 현성을 기다리는 시간 동안 자신이 직접 구해서 세공해 두었던 비도와 표창이었다.

이것들은 모두 날 끝에 은 세공이 되어 있었는데, 뱀파이어는 약간의 은에도 반응을 일으켜 치명적인 상처를 입기 때문에 유용했다.

굳이 은침이나 은사, 은탄처럼 전체를 은으로 세공할 필요가 없었다.

"벌써부터 두근거리는데?"

보이지는 않아도 뱀파이어 특유의 향기가 지하실에서 계단을 타고 1층으로 올라온다.

어림잡아도 오십 명은 족히 있을 듯한 곳이다.

리나는 만약을 대비해 입구 쪽에 은사를 촘촘히 쳐 두었다.

박 신부로부터 넘겨받은 비장의(?) 무기였다.

이곳을 지나가려면 적어도 네댓 명의 뱀파이어가 잘 다져진 고깃덩어리가 되어야만, 은사가 풀리면서 움직일 길이 열릴 것이다.

물론 그만큼의 수를 위로 올려 보낼 생각은 없었다.

영겁의 세월을 뱀파이어만 사냥하며 살아온 리나였다.

실수는 용납될 수 없었다.

*　　　*　　　*

"후후, 정말 생각하면 할수록…….."

박 신부도 뱀파이어의 아지트 근처에 도착해 사전 준비를 하고 있었다.

박 신부는 접근해서 벌이는 난전보다는 멀리서 저격하는 형태의 공격을 즐겼다.

은사를 이용한 트랩을 만들고, 은탄이 담긴 총 또는 은침이 박힌 활을 이용해 뱀파이어를 사냥하는 것이 박 신부의 방식이었다.

최근 급증하기 시작한 뱀파이어 때문에 소규모 전투에서 유리한 박 신부의 전투 방식이 통하지 않을 때가 종종 있었지만, 이 정도 규모의 아지트라면 충분히 저격할 만했다.

박 신부는 세영 아크로 타워에서 있었던 현성의 원맨쇼를 떠올리며 헛웃음을 짓고 있었다.

크게 도움도 필요 없었다.

오히려 갑작스럽게 발생한 돌발 상황에 자신과 리나가 휘말려 위기에 빠졌을 뿐이었다.

그때, 기지를 발휘해 뱀파이어 하나를 기폭제로 썼다.

그리고 뱀파이어의 무리 한가운데에서 폭발이 일어났다.

전멸.

상황 종료였다.

아쉬운 점은 김성희를 놓쳤다는 것이었다.

하지만 현성의 말에 따르면 김성희의 머릿속은 새하얀 종이처럼 변해 버렸다고 했다.

기억을 지웠다는 것이다.

기억을 지울 수 있는 힘.

한 번에 다수의 적을 살상할 수 있는 힘.

공간 이동 능력.

이 모든 능력은 자신에게 주어진 영생만큼이나 비현실적인 힘들이었다.

그런 힘의 대부분을 현성은 가지고 있었다.

만약 현성이 나쁜 마음을 품고 신정우와 같은 입장에 서 있었다면?

진작에 세상의 판도는 달라졌을 것이다.

자신과 같은 능력으로는 그를 막을 생각조차 할 수 없었을 터.

어쩌면 진즉에 목숨을 잃고, 싸늘한 주검이 되어 어딘가에서 썩어가고 있었을지도 모를 일이었다.

"아버님께 감사드릴 뿐입니다."

박 신부가 성호를 그었다.

세상이 어둠으로 물들어갈 즈음.

하늘이 보낸 선물이 현성이라 생각했다.

현성은 유일한 빛이고 희망이었다.

박 신부는 앞으로 어떤 일이 닥치더라도, 꼭 현성을 지켜주겠노라고 마음먹었다.

그가 죽으면, 이 세상도 끝이다.

그렇게 되면 고통스러운 영생만이 계속될 뿐이다.

"더 강해질까? 현성 씨는."

박 신부는 그것이 궁금했다.

지금의 현성도 충분히 강했다.

하지만 더 강해질 여지가 남아있을까 싶었던 것이다.

동시에 신정우의 능력도 궁금해졌다.

지금 현성이나 박 신부가 알고 있는 신정우의 능력은 현란한 검술이 전부였다.

그것만으로 최고의 자리에 오를 수는 없었을 것이다.

신정우가 현성처럼 다른 세계 누군가의 힘을 받아 능력을 얻은 것이라면, 검술은 빙산의 일각일 터.

박 신부는 현재 현성을 위협할 가장 큰 대항마이기도 한 신정우의 정체가 다시 한 번 궁금해졌다.

꾸욱. 꾸욱.

그러는 사이 아지트를 중심으로 주변에 은사로 만들어진 트랩이 여럿 생겨났다.

특히 박 신부가 저격 포인트로 잡은 지점 근처는 아예 트랩 천국이었다.

다시 한 번 상태를 점검한 박 신부는 천천히 뱀파이어의 아지트로 향했다.

문이 열리면 눈 먼 몇 놈들이 바로 즉사할 것이다.

그리고 상황의 심각함을 깨달은 놈들이 자신을 추격할 것이고.

개미지옥으로 빠져드는 개미처럼 죽게 될 터였다.

똑똑.

이윽고 문을 두드리는 소리가 들렸다.

끼익—

그리고 주저 없이 열리는 문.

박 신부의 시선과 뱀파이어의 시선이 마주쳤다.

"아."

옅은 탄성.

"좋은 밤이지?"

타앙!

박 신부의 총이 불을 내뿜었다.

푸화아아아악!

허공으로 비산하는 뱀파이어의 더러운 피.

박 신부의 전투도 시작됐다.

*　　*　　*

　현성이 향한 곳은 파주 지부였다.

　이곳은 아지트가 두 개나 있었다.

　이번 회합에는 두 아지트의 리더가 각각 참석했는데, 물론 지금은 죽고 없었다.

　[속보] 세영 아크로 타워 16층에서 큰 불길. 현장에서 발견된 것은 정체불명의 시신 일부와 잿더미뿐.

　김성일의 핸드폰으로 연 인터넷 포털 사이트 화면에는 속보가 떠 있었다.

　순간적으로 엄청난 폭발이 있었으니, 사람들이 알지 못하는 게 더 이상할 정도다.

　아마 발견된 것은 제대로 은(銀)을 이용한 마무리가 되지 못해 형체가 남은 몇몇 뱀파이어의 시체와 은으로 갈무리되어 한 줌의 재로 화해 버린 수많은 뱀파이어의 흔적뿐일 터였다.

　그곳에서 죽은 '인간' 은 없었다.

　모두 뱀파이어였을 뿐이다.

툭.

빠가악!

현성이 김성일의 핸드폰을 바닥에 던지고는 발로 깔아뭉 갰다.

이제 이 뱀파이어의 핸드폰도 쓸모가 없어졌다.

이 연락처를 알고 있는 회합 참석자는 모두 죽었으니까.

머리를 제거했을 뿐, 몸통이 되는 구성원은 여전히 남아 있 었다.

파주 지부의 구조는 특이했다.

보통의 조직이 용인 지부처럼 폐건물이나 폐공장을 사들 여, 그곳을 거점으로 삼는 것과 달랐다.

파주 지부는 인적이 드문 산속에 거점을 만들었다.

밤에는 자연스럽게 어둠이 모든 것을 가려주고, 낮에도 수 많은 수풀과 자연의 지형지물이 가려주는 산.

그곳을 은신처로 삼았던 것이다.

그런 탓에 놈들은 더욱 악랄했다.

인원은 용인보다 적었지만, 뱀파이어 1인당 적게는 2인에 서 많게는 4인까지의 파밍 개체를 거느렸다.

매일 피를 돌려가면서 마실 수도 있었다.

회합에서 있었던 회의 당시에도 김성희가 감탄했던 부분 이기도 했다.

다른 뱀파이어 리더들의 부러운 눈초리를 받았던 것도 사실이었다.

산의 폐쇄성이 그들의 악랄함을 키웠고, 희생된 피해자는 더 많았다.

죽은 사람들은 산속 여기저기에 암매장(暗埋葬)되었다고 했다.

묘비조차 세워지지 않은 채, 사라져 갔을 피해자들.

현성은 그 악행에 동참한 모든 인원을 살려두고 싶지 않았다.

문제는 이들의 아지트는 다른 아지트와는 달리 인원이 한곳에 뭉쳐 있지 않다는 점이었다.

그래서 확인되는 뱀파이어를 처리하고, 또 바로 장소를 옮겨가며 다음 상대를 제거해야 했다.

때문에 현성이 이곳을 선택한 것이다.

인비저블과 같은 투명 마법이나 블링크, 텔레포트와 같은 이동 마법, 그리고 헤이스트와 같은 가속 마법을 빠르게 구사할 수 있는 현성이 적임이었던 것이다.

"후우."

현성이 심호흡을 하고는 산을 오르기 시작했다.

아직 보이지는 않지만, 음침한 기운은 산을 오르는 입구에서부터 느껴지고 있었다.

등산로가 만들어지지 않는 그야말로 야산(野山)인 탓에 오르는 길은 험했다.

하지만 차라리 이런 곳이 편했다.

놈들이 응당 받아야 할 천벌을 받더라도, 세상 사람들이 눈치채기 힘들 테니.

세상을 좀먹는 벌레와도 같은 뱀파이어.

그들이 죽는다고 해서 아쉬워해 줄 사람은 그 어디에도 없는 것이다.

*   *   *

대대적인 소탕.

아지트에서 리더가 들고 올 회합 소식을 기다리던 뱀파이어들은 때 아닌 봉변을 당했다.

여덟 개의 아지트가 초토화됐다.

뱀파이어들은 9할 이상이 죽임을 당했고, 겨우 1할만이 목숨을 건졌을 뿐이었다.

그것도 애초에 현장에 있지 않아서 목숨을 부지한 경우가 거의 대부분이었다.

컨트롤 타워인 김성희가 제정신이었다면 피해를 최소한으로 줄이는 선에서 수습했겠지만, 김성희 본인이 정신이 나가 있는 상태였던 탓에 수습이 더뎠다.

김성희를 구한 것은 블랙 네트워크에 소속된 능력자 중 하나였다.

김성희가 '만약'을 대비해 혹시나 하는 마음으로 대기시켜 두었던 자가 있어 그나마 목숨을 건졌던 것이다.

여기서 운이 좋았다면 그가 김성희를 신정우에게로 데려다 주었겠지만, 그는 김성희를 그녀의 개인 거처로 이동시켰다.

그는 신정우가 김성희를 보호하기 위해 스카우트해 두었던 능력자였기 때문이다.

그 와중에 신정우가 부재중인 것도 상황을 악화시키는 데 일조했다.

회합 다음 날은 하루 종일 비가 내렸다.

먹구름이 가득한 하늘은 햇빛을 가려 버렸고, 우중충한 날씨는 어둠을 유지하기에 충분했다.

현성은 내친김에 거리가 멀어 노리지 못했던 의정부 쪽의 아지트까지 노리기로 했다.

그리고, 성공했다.

회합장에서 벌어진 소식을 아는 자가 없었던 것이다.

방심했던 것일까?

아니면 회합에 대한 기대감으로 아무 생각 없이 밤을 보냈기 때문일까?

인터넷 속보 기사에서 충분히 접했을 세영 아크로 타워의 화재 소식을 보았다면 자리를 피했을 그들.

하지만 아지트에는 뱀파이어들이 햇빛을 피해 자리를 잡고 있었고, 이는 현성 일행에게 그대로 노출됐다.

단 하루 만에 수도권에 있는 뱀파이어의 아지트 아홉 개가 사라졌다.

그것도 이제 어느 정도 자리를 잡은 핵심 아지트가 전부 타깃이 됐다.

은신처에 상주하던 뱀파이어들은 소탕됐고, 그들이 보유하고 있던 파밍 라인은 지역 경찰에게 낱낱이 까발려 졌다.

현성은 하나도 남김없이 모든 현장을 신고했다.

전면전의 시작이었다.

동시에 사람들이 뱀파이어의 실체에 대해 확실하게 눈을 뜨는 순간이기도 했다.

*　　*　　*

속보입니다. 경기도 용인의 한 공장에서 실종 신고되었던 수백 명의 사람이 발견되어 큰 충격을 주고 있습니다. 생존자의 증언에 따르면 이들을 납치한 것은 백여 명 단위로 조직을 형성하고 있었던 뱀파이어였다고 하여 더욱 큰 충격을 주고 있는데요. 뱀파이어, 그저 상상 속에 존재하는 것이 아니었던 걸까요? 경찰 당국은 모든 생존자가 일관성 있게 진술하는 점으로 미루어볼 때, 간과할 일이 아닌 것으로 보고 전담팀을 구성하기로 했습니다.

안녕하십니까, 뉴스 카메라 추적입니다. 오늘은 뱀파이어 관련 소설 전문가이자 연구가인 신상현 씨를 모셨는데요. 지금 경기 각지에서 실종되었던 수백 명의 사람이 동시에 발견되었습니다. 그들은 하나같이 자신들을 납치한 자들이 뱀파이어라고 하는데요, 뱀파이어의 특성이 무엇인지, 실제로 존재할 가능성이 있는 것인지 이야기를 들어볼 수 있겠습니까?

경찰은 각 현장에서 이들과 싸웠을 것으로 짐작되는 인물들의 행적을 쫓고 있습니다. 하지만 내부 혹은 주변 CCTV 확보가 되지 않고, 현장이 워낙에 난잡하게 어질러져 있는 탓에 추적 자체에 어려움을 겪고 있는 실정입니다.

아침부터 뉴스란은 온통 뱀파이어 사건으로 도배가 됐다.
연쇄살인 따위의 문제가 아니라 애초에 상식적으로 이해될 수 없는 존재, '뱀파이어'가 화두가 된 사건이기 때문에 더더욱 그러했다.

어느 채널을 틀어도 관련 소식이 계속 흘러나올 정도였다.

생존자의 증언은 신빙성을 더하고, 사람들이 경악을 금치 못하게 했다.

사람의 피를 마시고, 그 피가 모자라지는 것을 막기 위해 건강관리와 포도당 또는 수액 주입까지… 그야말로 현대판 공장식 사육과 다를 바 없었던 것이다.

괴담이 현실이 되는 순간이었다.

─봤어요? 봤냐구요. 그 이야기, 진짜였다고요. 뱀파이어에 대해서 알고 있었던 거예요?

당일 정유미의 전화로 현성의 핸드폰에 불이 났음은 두말할 나위도 없었다.

현성도 일전에 정유미와 나눴던 이야기를 기억하고 있었기 때문이다.

"원래 집 말고, 별도로 사무실 용도로 쓰는 오피스텔이 하나 더 있지 않아요?"

"그렇죠."

"당분간 거기서 생활해 보죠. 그리고 혹시 동료에게 연락이 오면 내게 말해주고요."

"…정말 그 친구들이 그렇게 되었다고 믿어야 될까요? 아냐, 지금 내가 무슨 소리를 하고 있는 거야. 이건 말이 안 되잖아요. 21세기에 뱀파이어라니? 영화를 많이 봤나 봐요. 말도 안 되는 사실을 믿으려고 하고 있었어요!"

"가끔은 필요 이상으로 조심하는 것이 무심하게 있는 것보다 나을 때도 있어요."

"하……."

그전까지는 정유미에게 모든 것을 비밀로 해왔던 현성이었다.

그녀가 알 필요가 없는 세계의 이야기였기 때문이다.

하지만 이제 뱀파이어 괴담은 음지에서 양지로 빠져나와, 현실의 뱀파이어가 되었다.

숨기려고 해도 숨길 수 없는 공공연한 비밀이 되어버린 것이다.

김성희가 반병신이 되었고, 뱀파이어 조직이 큰 타격을 입었다.

이 상황에서 가장 격한 분노에 사로잡힐 인물이 누구인가?

바로 신정우였다.

현성은 머지않은 시일 내에 자신의 정체가 밝혀질 것이라는 것쯤은 예상하고 있었다.

신정우와 같이 용의주도한 사람이라면, 자신이 저지른 일의 근원을 짚어나갈 것이다.

충분히 그럴 수 있는 사람이었다.

그의 비밀을 알고 있던 경찰 관계자를 모두 죽여 버린 것이 대표적인 예였다.

최종 목적지는?

바로 자신이었다.

부모님이 돌아가시고 없으니, 유일하게 이 사실을 알고 있는 것은 자신뿐이다.

"유미 씨."

―네?

"오늘 시간 있죠?"

―있기는 있어요… 그런데 왜요? 갑자기 그렇게 진지하게 말하니까 더 무서워지잖아요!

"진지하게 할 이야기가 있거든요."

―설마…….

"세 시간 뒤에. 내가 유미 씨의 임시 거처로 갈게요. 그럼."

―아, 알겠어요.

뚝―

전화가 끝나고.

"하아."

현성이 긴 한숨을 내쉬었다.

언젠가는 했어야만 하는 일이었다.

신정우와의 전면전이 시작됐다.

수단과 방법을 가리지 않는 놈의 손에 가장 먼저 잡힐 것은 역시나 주변의 사람들.

현성은 자신이 싸우다 죽을지언정, 주변 사람을 위험에 휘말리게 하고 싶지 않았다.

가족은 현성밖에 없으니 상관없다고 쳐도, 동료들은 아니었다.

삑삑삑.

현성의 손이 분주하게 움직였다.

그의 손은 여자 친구, 수연의 번호를 누르고 있었다.

자신에게 가장 소중한 사람.

그 사람이 현성에게는 지금 최우선으로 중요한, 그리고 보호해야만 할 사람이었다.

*　　*　　*

"뭐가 어떻게 되었기에 성희가 이 지경이 되도록 손을 못 썼어!"

퍼억!

"크윽!"

신정우의 발길질에 한 남자가 나뒹굴었다.

거구의 남자.

그는 김성희를 현성에게서 겨우 구해낸 그 남자였다.

이름은 정철이었다.

자신의 의지에 따라 몸의 피부를 두껍게, 그리고 단단하게 만들 수도 있고, 인간의 능력을 뛰어넘은 신체 능력을 발휘할 수도 있는 그는… 신정우가 측근에 두고 있는 능력자 중 하나이기도 했다.

신정우가 곁에 두고 김성희를 지키게 할 정도라면 그만큼 실력이 있다는 것이다.

과거에 현성을 노리고 보냈던 4인의 능력자 남매 정도는 정철에 비하면 새 발의 피일 뿐이었다.

정철이 뛰어난 능력을 가지고 있음에도 현성과 싸울 수 없었던 것은 최우선 목표가 김성희의 보호였기 때문이다.

하지만 결과적으로 김성희가 현성에게 당할 대로 당하고 난 다음에 구출이 이뤄졌기 때문에, 신정우의 입장에서는 기가 찰 노릇이었다.

근본적인 잘못은 김성희에게 있었다.

그녀가 방심한 정황이 너무나도 뚜렷했기 때문이다.

정말 안전을 생각했다면, 정철도 함께 대동했어야 했다.

하지만 딱딱한 분위기를 만들고 싶지 않다며 1층에 정철을
둔 것이 화근이 되었다.

그에게 연락을 하고, 도착하기까지 그 잠깐의 시간 동안 일
이 벌어지고 만 것이다.

"죄송합니다."

"죄송하다는 문제로 끝날 게 아니잖아!"

퍼억!

"크윽!"

"후우."

신정우 자신도 정철에게 괜한 화풀이를 하고 있다는 것을
알고 있었다.

"헤……."

자신의 방 안 침대에 누워 입을 반쯤 벌린 채 멍청한 표정
을 짓고 있는 김성희.

신정우는 새삼 놈의 능력을 실감했다.

잠깐 사이에 사람을 바보로 만들어놓은 것이다.

정신을 제어하는 힘.

그 힘이 놈에게 있는 것이다.

"성희를 옆에서 보살피도록 해. 지금으로서는 옆에 아무도
없으면 안 될 테니."

"알겠습니다."

"조만간 성희를 돌볼 다른 사람을 보낼 거다. 그렇게 되면 나에게 오도록 해."

"예."

"그럼."

신정우는 바로 자신의 거처로 향했다.

김성희를 굳이 데려갈 이유는 없었다.

이제 그녀의 쓰임새는 없어졌다.

언제 돌아올지 모르는 정신.

어차피 그녀를 사랑하거나 마음에 두었던 것은 아니었다.

그저 가지고 놀기 좋은, 그중에서도 능력이 있었던 여자일 뿐.

그 이상, 그 이하도 아니었다.

드르르륵—

그때.

신정우의 핸드폰 진동이 울렸다.

—어느 정도 조사가 끝났습니다.

"그래?"

—예.

"결과는?"

— 현재 프랜차이즈 기업의 CEO로 있는 인물과 그 사건 피해자 아들의 행적과 나이 등이 일치합니다.

"사무실로 바로 오도록 해. 자료들 전부 준비해서."

—예, 알겠습니다.

신정우의 발걸음이 더 빨라졌다.

드디어 꼬리를 잡은 것이다.

신정우는 확신하고 있었다.

자신을 궁지로 몰아넣은 상대.

그리고 김성희를 이렇게 만든 놈.

그놈의 접점이 바로 부하를 시켜 조사한 교통사고 피해자
의 가족이었다.

아무렇지도 않게 경찰의 기억을 조작하여 일을 까발리게
할 수 있는 자.

그리고 김성희를 백치(白痴)로 만들 수 있는 자.

바로 그놈의 정체가 드러나기 직전이었다.

*　　　*　　　*

사회적으로 뱀파이어가 큰 이슈가 되었기 때문일까?

뱀파이어의 소행으로 보이는 사건 사고가 줄어들었다.

혹시나 해서 다시 점검차 방문한 아지트는 황폐하기만 했
다.

박 신부와 리나는 현성이 지인을 만나는 동안, 분주하게 돌

아가는 상황을 재점검하는 중이었다.

현성은 가장 먼저 정유미를 만났다.

그녀에게 자신이 뱀파이어 세력과 대적하고 있다고는 말하지 않았다.

단, 약간의 거짓말을 섞어 정유미가 스스로 몸을 피할 생각을 하도록 만들었다.

이번 뱀파이어 사건에 얽혀 자신의 친척 일가가 희생당했고, 그 과정에서 현성에.대한 정보가 유출되었다는 거짓말을 한 것이다.

그렇게 되면 자연스레 주변 인물 중 하나인 정유미도 타깃이 될 수 있다는 논리로 현성은 자연스레 이야기를 풀어 나갔다.

그녀 앞에서 마법을 보여주고, 그간의 정황을 일일이 설명하는 것보다는 더 구체적으로 와 닿을 것이라 생각한 것이다.

이미 이슈가 된 '사실'이었기 때문일까?

정유미는 빠르게 수긍했다.

그리고 현성의 권유대로 당분간은 임시 거처에서 계속 생활하기로 했다.

별일이 없겠다 싶어 다시 원래 살던 곳으로 올까 했지만, 현성의 이야기를 듣고 마음을 다시 고친 것이다.

현성은 수연과 상화에게도 같은 말을 전했다.

다행히 수연은 이제 막 종강이 돼서 두어 달의 방학 기간을 가지게 된 터였다.

수연은 그럴수록 오히려 현성의 곁에 있어야만 한다며, 고개를 저었다.

하지만 현성의 거듭된 설득에 마음을 바꾸었다.

만약 두 사람이 위험한 상황에 처하게 되면, 현성이 자신을 위해 헛되이 목숨을 잃거나… 할 수도 있겠다는 생각을 한 것이다.

마침 수연의 본가도 얼마 전 부산으로 이사를 간 터였다.

수연은 당분간 본가에서 지내기로 했다.

현성은 혹시나 자신에 대한 조사가 이뤄졌다고 하더라도 더 이상 수연이 자신의 집 근처에 살지 않는 만큼, 그 정도면 안전할 것이라 생각했다.

문제는 상화였다.

현성의 빈틈을 메꾸기 위해 부지런히 일하고 있는 상화는 당장에 거처를 바꾼다고 해도, 결국 매장에 나와야 하는 만큼 달라질 게 없다는 입장이었다.

오히려 상화는 현성에게 화를 냈다.

친척까지 피해를 입은 마당에 정작 현성 본인은 왜 몸을 숨길 생각을 않느냐는 것이었다.

상화는 완강했다.

현성으로서도 설득이 쉽지 않았다.

하지만 친구가 위험에 휘말리기를 바라지 않는 만큼, 현성은 사비를 들여 개인 경호원을 상화에게 붙여주기로 했다.

그의 활동에 방해되지 않도록, 하지만 유사시엔 지켜줄 수 있도록 대비를 해둔 것이다.

현성은 빠르게 주변 사람들에 대한 단속을 해나갔다.

지금은 그것이 최우선이었다.

폭풍전야(暴風前夜).

고요한 바람이 불 때, 준비해 두지 않으면 안 되는 것이다.

*　　　*　　　*

"말씀하신 자료입니다."

"수고했다. 나가봐. 아참."

"예."

"너희 형제도 준비해 두는 게 좋겠군. 언제든지 솜씨를 뽐낼 수 있도록 준비를 확실히 해두고 있어라."

"예."

신정우의 사무실.

신정우가 말끔히 정장을 차려입은 사내로부터 두꺼운 서류를 전해 받았다.

사내는 신정우의 심복 중 하나였다.

알게 된 지는 얼마 되지 않았지만, 뱀파이어로서 자신의 능력을 확실히 각성하고 깨달은 몇 안 되는 존재 중 하나였다.

신정우와 좀 더 오랜 기간 신뢰를 쌓을 기회만 있었다면, 김성희 대신 그 자리에 앉혔을 '형제들'이기도 했다.

신정우는 우선 사건에 대해 조사한 서류를 살피기에 앞서, 뱀파이어 집단에 대해 작성된 보고서부터 검토하기로 했다.

김성희가 컨트롤 타워로서의 능력을 상실했기 때문에, 이제는 자신이 전면에 나서야 했다.

사회적인 신정우로서의 죽음, 사고 관련자들을 제거하기 위한 행보 등등.

기타 잡다한 일을 처리하느라 제대로 집중하지 못했던 역량을 다시 쏟을 필요가 있었던 것이다.

이미 경기권의 뱀파이어 조직이 현성 일행의 공격으로 와해된 상황이라 다시 개편할 필요가 있었다.

아직 수면 위로 나타난 실력자의 수는 적었지만, 신정우는 확신하고 있었다.

자신이 파악하지 못한 조직 또는 영향권 내에 있는 조직 중에서 자신의 실력을 숨기고 있는 자가 분명히 있을 것이라고.

세영 아크로 타워에서의 사건으로 겁을 잔뜩 집어먹은 신출내기 뱀파이어들도 있었지만, 반대로 인간에게 적개심을 더 크게 느끼기 시작한 자들도 있었다.

신정우는 이참에 판을 크게 벌려 볼 생각이었다.

언제든 선량한 인간을 파멸로, 어둠의 세계로 치닫게 만들 수 있는 뱀파이어의 존재는 치명적이었다.

또한 그들의 무기이기도 했다.

신정우는 그들에게 뛰어놀 수 있는 공간을 제공해 주고, 힘을 실어줄 요량이었다.

사회가 두려움에 떨도록.

매일 밤, 눈을 감고 자는 것조차 두려워하도록 만들고 싶었다.

그리고 종내(終乃)에는 자신에게 비수를 겨누고 있는 현성과 그 일당을 제거할 생각이었다.

정확한 신상 정보가 파악되진 않았지만, 다각도로 입수된 '사냥꾼 일행'의 수는 총 셋이었다.

이 세 명에게 열 개나 넘는 아지트가 초토화되었다는 것이 기가 막힌 일이었지만, 신정우는 그만큼 '사냥꾼 일행'의 능력을 실감하고 있었다.

지금까지 신정우가 조우한 능력자 중, 그놈들처럼 정의감으로 똘똘 뭉쳐 일을 벌인 자들은 없었다.

능력 있는 존재를 유혹하는 데에는 충분한 돈과 확실한 권력을 쥐어주면 충분했다.

'사냥꾼 일행', 그놈들이 별종일 뿐이다.

신정우는 당분간 숨고르기에 들어갈 생각이었다.

한 번에 끝날 것 같지는 않은 싸움.

굳이 서두를 필요가 없었다.

수적으로도, 시간으로도 우세한 건 자신이었다.

김성희가 당했다는 사실에 발끈할 필요도 없는 것이다.

툭—

바로 그때.

신정우의 사무실 전체를 비추고 있던 조명이 꺼졌다.

동시에 신정우의 등골을 오싹하게 만드는 한기가 뒤에서 느껴졌다.

"……"

신정우의 두 눈이 동그랗게 떠졌다.

이 기운, 이 느낌.

생소하지 않았다.

그리고.

조심스럽게 시선을 뒤로 돌린 신정우가 눈앞에 나타난 무언가를 보고는 입을 열었다.

"…스승님."

4장

차원과 차원의 접점

"저렇다는 거군."

"그렇습니다."

"양방향의 대화가 가능하고, 그 대신 모습을 볼 수 있는 것은 이쪽이고. 여러 가지로 저 제자라는 녀석의 불만이 있었겠군."

"생각보다는……."

"쉽게 받아들여서 오히려 크게 고생하지 않았습니다. 지금 생각하면 고마울 따름이긴 합니다만."

"이 정도면 관찰은 충분히 끝난 것 같군."

자르만과 일리시아의 저택.

부부의 저택에 도착한 로키스는 현성의 움직임을 하나도 빠지지 않게 계속 지켜보았다.

시기가 맞았는지, 로키스가 관찰을 시작한 무렵에 세영 아크로 타워에서의 교전이 있었다.

그 이후 있었던 아지트 소탕에서도 현성의 종횡무진 활약을 지켜본 로키스는 얼굴에 흥미로운 표정이 가득했다.

"하지만 사용하는 마법이라던가 클래스는 만족스럽지가 못하군?"

"예. 더 알려주고 깨우치게 할 수 있었습니다만, 그 이후에 이렇게 시공의 문제가 불거져 나오기 시작한 터라……."

로키스의 물음에 자르만이 고개를 끄덕였다.

그렇긴 해도 현성은 자신이 발휘할 수 있는 최대한의 능력을 보여주고 있었다.

제자에게 24시간은 쪼개고 쪼개도 부족한 시간이었다.

매일 기본적으로 자신이 운영하는 매장에서 사용하는 원료를 제조하는 일은 반드시 본인 손으로 해야만 했다.

매일 새벽 꾸준히 해왔던 일.

현성은 사정이 있던 며칠을 제외하고는 이 일을 거른 적이 없었다.

잠은 많이 자야 네 시간 정도였다.

정말 작심하고 쉬는 날에나 여덟 시간을 자면 많이 잤다고
할 정도였다.

"전면전이 임박한 것 같은데. 더 강해질 여지가 남아있는
제자를 방치할 셈이냐? 이건 방관이 아니냐?"

"아닙니다. 다시 바로잡아야지요. 제게 맡겨주십시오."

"아니, 내가 하겠다."

"예?"

그때.

자르만을 꾸짖던 로키스가 단호한 표정으로 말했다.

"내가 녀석의 부족한 공간을 채워주겠다는 말이다. 네놈들
보다야 낫지 않겠느냐?"

로키스가 며칠을 지새우며 현성의 움직임을 면밀히 관찰
했다고는 하지만, 이 정도로 흥미를 느낄 줄은 예상조차 못했
던 두 사람이었다.

오히려 실상을 확인한 후, 화를 낼 줄 알았다.

두 사람이 로키스를 만나기 위해 비웠던 시간 동안, 제자의
세상에 엄청난 변화가 있었기 때문이다.

출발하기 전만 해도 뱀파이어 문제는 음지에 묻혀 있었
다.

한데 이것이 양지로 튀어 나왔다.

제자가 살고 있는 세상은 뱀파이어가 존재하지 않았던, 그

존재 자체가 받아들여지지 않는 세상이다.

그런 세상에 소위 '변종'이 등장한 것이나 다름없는 것이다.

하지만 이젠 누구나 아는 사실이 되었다.

자르만 본인이 현성의 적대 세력에 있는, 뱀파이어 조직의 수괴라면?

이 상황에 모습을 숨길까?

아니었다.

이제는 대놓고 거리를 활보하며, 본인의 욕구를 충족시키려 할 터였다.

"어떻게 하실 예정이세요?"

뒤에서 로키스와 자르만의 대화를 지켜보던 일리시아가 물었다.

그녀는 오히려 이것을 기회로 생각하고 있었다.

드래곤의 관심을 끄는 것은 쉬운 일이 아니다.

적어도 자신들이 돕는 것보다 로키스가 가르침을 주는 것이 현성에게 더 많은 변화를 이끌어낼 수 있을 터다.

이미 리나의 경우로 입증되지 않았는가?

현성의 곁에 박 신부 혼자가 아닌, 리나가 가세하면서 이번과 같은 대대적인 소탕 작전도 가능했던 것이다.

"녀석의 전투력을 극대화해야지. 마나는 9서클까지 전부

던져 주고, 쓰는 마법이 6서클에 머물러서야 쓰겠느냐? 그것보다 이 마나 구체는 확실히 심혈을 기울여 만든 것처럼 보이는구나. 녀석과 의사소통에 문제는 없겠군."

"예, 물론이죠."

"내게 맡겨라. 이 시간 이후로, 저 녀석은 내가 관리한다. 더 이상 너희 둘만의 연구물이 아니라는 것이다. 어떻게 하겠느냐? 동의하지 않으면 그에 대한 합당한 대응을 해주도록 하지. 후후후."

허락을 구하는 듯한 말투였지만, 종국에 가서는 협박으로 바뀌었다.

사실 자르만이 별다른 대답 없이 있긴 했어도, 생각은 일리시아와 비슷했다.

로키스를 만나러 간 시점에서 이미 이 문제는 두 사람만의 것이 아니게 되었다.

자르만과 일리시아는 현성에게 힘을 실어주고 싶었다.

그리고 블랙 드래곤 로키스가 현성에게 관심을 가지고 있다.

두 번 다시 오지 않을 기회였다.

"저는 이의 없습니다."

자르만이 먼저 운을 뗐다.

"저는 적극 찬성이에요. 로키스 님께서 저희의 부족한 부분까지 모두 보듬어주신다면… 영광이죠."

일리시아가 아부를 더했다.

그러자 로키스의 입꼬리가 말려 올라가며, 음침한 미소를 머금었다.

"폭탄을 처리한다는 느낌이 이런 것인가 보군. 얕은 수작 부리려 하지 마라. 하지만 맞는 사실이기는 하다. 내가 녀석을 손봐주는 것이 더 도움이 될 테니."

"예, 그렇습니다."

"난 녀석도 녀석이지만, 녀석의 대적자의 배후에 있을 인물이 궁금해지는군. 이건 그야말로 대리전의 성격에 더 가깝지 않느냐. 차원 너머 존재하는 대리자를 이용해 싸우는 신들의 대리전 같은 느낌이랄까. 그런 느낌을 느껴볼 수도 있겠군."

로키스가 입맛을 다셨다.

그리고 다시 마나 구체로 시선을 돌렸다.

현성은 열심히 재료를 만들고, 해가 뜰 무렵에 옥탑방으로 돌아와 휴식을 취하고 있었다.

현성의 하루 일과 중에서 가장 조용한 시간이기도 했다.

"그럼 녀석과 접선해 보도록 하지. 이의 있나?"

"없습니다."

"없어요."

3자간의 합의는 빠르게 끝났다.

로키스의 입가에는 벌써부터 미소가 감돌고 있었다.

"흠흠."

헛기침을 두어 번 하고 로키스가 마나 구체 위에 손을 얹었다.

그리고 저 차원 너머에 존재하는 두 마법사의 제자를 향해 첫 대화를 시작했다.

"들리느냐?"

*   *   *

―들리느냐?

"음?"

―들리느냐고 물었다.

"스승님의 목소리가 아닌데, 이것은… 설마?"

오랜만에 들려온 교신.

스승님의 그 마법 구체가 아니고서는 자신과 오갈 수 없는 사념(思念) 대화였다.

하지만 목소리가 스승의 것이 아니었다.

남자의 목소리지만, 자르만의 목소리는 아닌 것이다.

그렇다면 짐작되는 존재는 하나.

리나가 말했던 그 사람, 아니 드래곤.

로키스였던 것이다.

―반갑군. 인간이여.

두 스승이 살고 있는 세상에서 드래곤이 어떤 위치에 있는지는 리나가 잘 설명해 줘서 알고 있었다.

현재 현성이 살고 있는 세상에서 종교적인 부분으로 빗대어 표현하자면, 교황 같은 존재.

신은 아니지만, 신과 가장 가까운 곳에 위치한 사람.

감히 대적하거나 상대할 생각조차 들지 않는 경외(敬畏) 받는 존재, 그것이 바로 드래곤이었다.

"이렇게 인사를 드리는군요."

현성이 고개를 숙였다.

자신은 로키스를 볼 수 없지만, 로키스는 자신을 볼 수 있다.

예를 갖추는 것은 잊지 않았다.

그에게 공손한 자세를 갖춰야, 곁에 있을 스승들이 자신을 대신해 욕을 먹는 일도 생기지 않는 것이다.

―네 활약은 잘 보았다.

"감사합니다. 해야 할 일을 했을 뿐입니다."

―답답하지 않을까 싶은데.

로키스의 목소리는 냉랭했다.

자르만과 일리시아가 살가운 말투였다면, 로키스는 마치 무거운 분위기로 찍어 누르는 느낌이었다.

그 때문인지 현성의 얼굴도 점점 굳어가고 있었다.

마치 장난스런 자세나 말투만 섞어도 큰 실수를 하는 것만 같은 느낌이었다.

"아쉬움은 항상 있습니다. 스승님이 말씀하시길 제 그릇은 이보다 더욱 크지만, 아직 제가 깨달음이 부족하여 그 그릇을 모두 채울 수는 없다 하셨습니다."

―정확한 일침이로군.

"예, 아직 많이 부족합니다."

현성이 고개를 다시 한 번 숙였다.

스스로가 느끼고 있는 한계이기도 했다.

뱀파이어와의 일전에서 거둔 승리?

물론 승리였지만, 만족스러운 승리는 아니었다.

현성의 입장에서는 그저 서 있는 볏짚보다는 좀 더 나은 상대를 만난 정도일 뿐이었다.

당장에 김성희를 구했던 그자.

잠깐의 교전이었지만 현성의 마법이 통하지 않았다.

마치 두꺼운 방패에 막혀 버린 느낌이었다.

그 상황에서 다른 마법을 전개했다면 통했을까?

대답은 물음표였다.

마나 건틀렛을 이용한 육탄전?

그것도 그 정도로 단단한 외피(外皮)를 지닌 존재라면 쉽지 않았을 터.

이 사실 하나만으로도 현성은 아직 자신이 가진 힘의 한계를 느끼는 중이었다.

―강해지고 싶겠군.

"물론입니다."

―물론이라는 말 따위로 표현될 정도밖엔 되지 않는 것이냐?

"정말 강해지고 싶습니다. 이 힘을 얻은 것은 제 의지가 아니었습니다만, 이제는 제 의지로 강해지고 싶은 열망이 가득합니다. 이 세계의 무너져 가는 균형을 맞추고, 원래대로 되돌리려면 반드시 더 큰 힘이 필요합니다!"

현성의 큰 소리로 외쳤다.

마치 머리 위에서 듣고 있을 것만 같은 로키스를 향한 외침이었다.

―더 강력해진 힘은 너를 파멸로 몰고 갈 수도 있다. 세상을 뒤엎을 힘을 가진 네가 과연 그것을 오로지 좋은 곳에만 쓸 수 있겠느냐?

"어떤 답을 원하십니까?"

―허, 당돌하군.

로키스의 의심 가득한 질문에 현성은 반문으로 맞섰다.

여기서 미사여구를 덧붙여가며 난 결백하다, 라고 증명하는 것이 더 구차해 보였다.

그동안의 행보, 그것 하나면 충분했다.

현성은 한 점 부끄러움이 없었다.

처음부터 끝까지.

오로지 이 힘을 가진 원래의 목적, 그 목적에만 충실하며 살아온 자신이었다.

"제가 힘을 가지지 못하면, 이 세계는 결국 무너지고 말겁니다. 얼마 전의 승리는 진정한 승리가 아닙니다. 그저 탐색전에서 있었던 소규모 전투에서의 승리일 뿐입니다. 잎사귀하나 뜯어낸다고 해서 나무가 말라죽는 건 아닌 것처럼 말입니다."

─후후, 녀석 말하는 것 한 번 독특하군.

"강해지고 싶습니다. 제가 원하는 것은 그것 하나뿐입니다. 그리고 실망시켜드리지도 않을 겁니다."

현성이 결연한 표정으로 말했다.

로키스는 잠시, 아무 말 없이 마나 구체 속에 비친 현성의 얼굴을 살폈다.

바보 같을 정도로 정의감에 똘똘 뭉쳐 있는 차원 너머의 인간.

눈치나 계산이 아닌, 자신의 초심에만 충실해 보이는 이 '바보 같은 녀석' 이 로키스는 괜히 더 정감이 갔다.

바보 같아서 특별해 보이는, 그런 녀석이었다.

―좋다. 그럼 지금 당장 시작해도 문제없겠지.

"예."

현성이 입술을 질끈 깨물었다.

항상 자신이 강해질 기회가 왔을 때면, 그에 상응하는 고통과 시련이 찾아오곤 했었다.

지금이라고 다를 것은 없어보였다.

―그럼 평생 두 번은 해볼 수 없을 체험을 하게 해주마. 준비 됐느냐?

"예!"

현성이 두 주먹을 불끈 쥐고 소리쳤다.

차원 너머에서 또 한 번 찾아온 강해질 기회.

현성은 놓치고 싶지 않았다.

차원 너머의 마법사도 쉽게 만날 수 없다는 드래곤과의 교류였다.

화악!

"윽!"

순간적으로 아득한 어디론가 빨려 들어가는 기분과 함께 현성을 둘러싸고 있던 주변의 모든 것이 무너져 내렸다.

상하좌우를 구분할 수 없는 무의식의 공간 속에 현성은 자연스레 몸을 맡겼다.

그리고 다리를 묵직하게 잡아당기는 중력을 느끼고 눈을 떴을 때, 현성은 전혀 새로운 공간에 도착해 있었다.

"후우."

현성이 심호흡을 했다.

자신은 황량한 황무지 위에 서 있었다.

사방을 둘러보아도 온통 흙과 모래, 자갈뿐이었다.

파팟!

바로 그때.

옆에서 파공음과 함께 누군가의 모습이 드러났다.

"반갑군."

로키스였다.

폴리모프 상태인 그는 자신과 비슷한 나이대의 외모에 검은 머리, 그리고 푸른 눈동자를 가지고 있었다.

순백이라 해도 무방할 정도로 하얀 피부를 가진 로키스의 인간 형태는 같은 남자가 보기에도 예쁘다는 생각이 들 정도였다.

"반갑습니다."

"예상했겠지만, 이 세계는 네 머릿속에 만들어진 가상의 세상이다. 나는 잠시 네 머릿속을 빌려 이곳에 들어와 있는 셈이다. 네 스승은 불가능하겠지만, 나에게는 가능한 일이기 때문에 이런 방법을 사용했다."

로키스의 말에 현성이 고개를 끄덕였다.

가능, 불가능의 여부는 중요하지 않았다.

중요한 것은 로키스가 지금 자신의 곁에 있다는 것, 그것뿐이었다.

"배우겠습니다. 알려주시는 모든 것을."

"후후후, 서두를 것은 없다. 기본부터 차근차근, 네가 놓친 모든 클래스의 모든 마법을 체험하게 할 것이다. 인간의 마법이란 어떻게 보면 조잡하기도 하지만, 또 어찌 보면 상당히 세분화된 구석이 있지. 지금 네 전투의 레퍼토리는 너무 단순하다. 더 많은 마법을 응용할 수 있게 해주마."

"예."

후웅!

로키스가 자신의 손 위로 원형의 마나 구체 하나를 만들어 냈다.

꿈틀거리던 마나 구체는 이내 모양을 바꾸더니 투명해 지면서 보이지 않게 변했다.

"이것이 무엇인지는 잘 알겠지."

"매직 미사일의 캐스팅 단계 아닙니까?"

"맞다. 여기서 발전하면."

시이이잉!

로키스의 손 위에 있던 매직 미사일 구체가 날카로운 창 모양으로 바뀌었다.

윈드 스피어였다.

"윈드 스피어가 되지. 매직 미사일은 인간들의 기준으로 1클래스에 해당하고, 윈드 스피어는 4클래스에 해당한다. 네가 알다시피 매직 미사일은 그 개수를 나눠 여러 개로 만들수도 있지."

"예, 그렇습니다."

"그럼 이것은 무엇이겠느냐?"

시잉! 시잉! 시이잉!

"……!"

그 순간, 현성의 표정이 놀라움으로 가득 찼다.

로키스의 손 위에서 만들어진 것은 일곱 개로 만들어진 바람의 창이었다.

윈드 스피어의 개수가 하나가 아닌 일곱 개인 것이다.

"이게 인간의 기준으로는 7클래스에 해당하는 마법이다. 물론 인간들은 이런 마법을 생각할 필요를 느끼지 않았을 것이다. 어차피 7클래스 정도가 되면 일대일의 공격 마법보다는 블리자드 같은 광역 마법에 시선을 돌리게 되니까. 그래서 응용을 잘 하려고 하지 않는다. 하지만 이론적으로, 그리고 실제로도 이런 마법이 구성이 가능하다는 것이다."

—왜 저희는 이 생각을 하지 못 했을까요?

차원 너머에서 목소리가 들려왔다.

일리시아의 목소리였다.

"스승님!"

—잘 있었느냐. 미안하구나, 제자야.

"아닙니다. 잘 계셔서 다행입니다."

짤막한 인사를 나누고.

현성은 다시 로키스의 말에 집중했다.

"지금 네가 알고 있는 마법은 정말 새 발의 피보다도 못한 것이다. 아직 네 적수와 직접 마주친 적은 한 번도 없지 않느냐? 그놈이 어느 정도의 실력을 가지고 있는지도 모르는데, 지금 이 상태로 언제까지고 모든 일을 해결할 수 있을 것이라는 오만에 빠져 있는 것은 아니겠지?"

"아닙니다."

로키스의 말에 현성이 고개를 저었다.

하지만 정곡을 찌르는 말도 있었다.

사실 지금까지 배운 마법만으로도 어지간한 일은 자신이 처리할 수 있을 것이란 생각을 종종 하기도 했던 것이다.

그것은 분명 자만이고 오만이었다.

"1클래스 마법부터 차근차근 밟아 나가야 한다. 네 스승이라는 자들도 아주 기본적인 마법을 소홀히 하지 않는다. 물론 마법을 처음부터 알지 못했던 네게는 우선순위가 무엇인지 감이 잘 오지 않았겠지. 그것을 내가 바로잡아 주겠다. 모든 것을 내려놓고, 나에게 맡겨라."

"예. 알겠습니다."

"시작하겠다."

시작하겠다―라는 말이 이렇게 가슴 떨리는 느낌으로 찾아온 적이 있었던가.

현성은 입술을 굳게 다물고, 로키스의 행동과 말 하나하나에 집중할 수 있도록 다시금 마음을 가다듬었다.

더 강해질 수 있는 지금 이 시간을 놓치고 싶지 않았다.

* * *

"참으로 형편없구나., 연전연패라니. 네놈이 할 줄 아는 것이 전패(全敗)더냐?"

"죄송합니다. 스승님."

신정우의 시선이 멈춘 곳은 자신의 방, 허공의 한가운데였다.

그곳에는 음산한 기운을 뿜어내고 있는 백발의 노인, 그의 형체가 투사되고 있었다.

시이이잉—

동시에 거실 한쪽에 보관대와 함께 잘 올려놓았던 검이 반짝이기 시작했다.

검은 제자리에서 살짝 들렸다가 떨어지기를 반복하며, 계속해서 노인의 형체를 허공에 만들어내는 모습이었다.

"네 적수라는 놈은 보란 듯이 제 능력을 발휘하며 다니는데, 네놈은 무엇이냐? 의미 없는 잔챙이들을 처리하는데 능력을 쓰고 있지 않느냐? 그게 내가 바라는 바였더냐?"

"면목 없습니다!"

신정우가 무릎을 꿇고, 고개를 숙였다.

세상 두려울 것 없는 신정우가 유일하게 두려워하는 사람이 바로 저 노인이었다.

자신의 스승, 적혈마선(赤血魔仙)이었다.

적혈마선과 신정우의 인연이 시작된 것도 현성이 자르만과 일리시아를 만났을 그 무렵이었다.

자르만과 일리시아의 실험으로 촉발된 차원의 불균형이 마침 비슷한 생각으로 대체자를 찾던 적혈마선에게도 기회가 된 것이다.

자르만과 일리시아는 마나 구체를 이용해 현성과 연결하는 것을 시도했지만, 적혈마선은 시공환혼대법이라는 사이한 술법으로 자신의 사념(思念)과 연결된 물건을 차원 너머로 보내 버렸다.

그것이 지금 신정우가 들고 있는 보검, 적혈검이었다.

아쉽게도 적혈마선 역시 자르만, 일리시아와 같은 이유로 시공을 넘어서 신정우의 세계로 오지는 못했다.

확률상 죽을 가능성이 너무나도 높았기 때문이다.

하지만 이것으로도 충분했다.

신정우는 적혈검을 손에 넣은 그날 이후, 완벽하게 새로운 사람으로 태어났다.

악독해졌고, 악랄해졌고, 무정(無情)해졌다.

적혈마선은 그가 살던 무림에서도 인정 없는 살인마로 유명한 괴인이었다.

끝없는 살인, 붉은 피의 잔치.

그것을 즐기는 그를 두고 사람은 적혈마선이라 불렀다.

그리고 이제는 신정우에게서도 같은 만족을 얻으려 하고 있었다.

"네가 아직 네 힘에 완벽한 자신을 갖지 못하고 있는 것이라면. 응당 스승된 자로서 힘을 더 실어줘야겠지. 명심하거라, 이것이 처음이자 마지막으로 널 완전한 마인으로 만들어 줄 기폭제가 될 것이다. 네가 지금 목숨을 부지하고 있는 이유, 그 이유에 충실하거라. 하루아침에 네가 지닌 모든 힘을

잃어버리고 걸어 다니는 볏짚이 되고 싶지 않다면!'

"예, 명심하겠습니다. 스승님."

신정우가 머리를 조아렸다.

현성과 달리, 신정우의 생사여탈권은 적혈마선에게 달려 있었다.

아이러니하게도 적혈검을 얻는 순간, 신정우에게 전해진 적혈마선의 내공이 신정우에 대한 속박이 되어버린 것이다.

적혈마선이 검에 대한 모든 것을 포기하고 연결 고리를 끊어버리면, 신정우는 목숨을 잃게 되어 있었다.

자르만과 일리시아는 현성을 연구대상으로 시작해서 진정한 제자로 받아들였지만, 적혈마선에게 신정우는 그저 자신의 대리만족을 채워줄 대리자 그 이상도, 이하도 아니었다.

"환혼대법을 이용해 네게 더 고강하고도 사이한 무공을 깨우치게 해주겠다. 적혈검을 잡거라."

"…알겠습니다."

신정우의 입가가 파르르 떨렸다.

그는 기억하고 있었다.

적혈마선으로부터 힘을 얻던 그날, 정신을 놓고 싶을 정도로 온몸을 뒤덮었던 고통의 위력을.

시이이잉—

적혈검이 붉은빛을 냈다.

평소보다 더욱 사이한 기운.

스승은 자신에게 더 강한 힘을 준다고 했다.

신정우가 세상에서 유일하게 두려워하는 존재, 스승 적혈마선.

그의 앞에서 거역이란 있을 수 없었다.

꾸욱—

"크으으윽!"

적혈검을 잡는 순간!

손끝부터 타들어가는 느낌과 함께, 온몸의 영혼이 갈가리 찢겨져 나가는 것만 같은 극심한 통증이 전해졌다.

"네놈은 이제 내가 전해줄 수 있는 모든 술법과 대법의 결정체가 될 것이다. 끝을 보자꾸나. 백지 같은 세상을 붉은 피로 물들여 가는 재미. 그것이야 말로 쾌락의 극치 아니겠느냐? 크하하하하!"

적혈마선의 광소가 터져 나왔다.

신정우가 입술을 꽉 깨물었다.

현성에 의해 자신의 두 조직 중 하나가 철저하게 무너졌다.

그 되갚음을 해줄 차례였다.

그러기 위해선 버텨야 했다.

더 강해지기 위한 고통을.

　　　　*　　　*　　　*

"캐스팅이 늦어! 지금 네가 하고 있는 짓이 어떤 짓인지 알고 있는 거냐? 그냥 한 걸음만 걸어가면 되는 걸, 일부러 한 걸음 뒤로 걸어간 뒤에 두 걸음을 걸어가는 모습니다. 얼마나 비효율적인지 알겠지?"

"죄송합니다."

"잡념을 버려라! 네 스승이 알려준 방식도 버려라! 파이어월의 이미지를 생각하고 만들어내면 늦어! 생각하는 순간 만들어져야 한다!"

로키스의 맞춤형 지도가 계속 됐다.

현성이 마법을 배운 것은 속성이었다.

애초에 마법 수식이나 계산법을 배우고 시작한 마법이 아니었기 때문이다.

마나의 힘을 얻으면서 그 세계의 언어, 계산법, 이 모든 지식을 한꺼번에 넘겨받은 현성은 이미지를 중심으로 마법을 구현하는 방식을 취하고 있었다.

이미지를 생각하는 것만으로도 복잡하고 어려운 수식 계산 과정이 자동으로 되기 때문이다.

일종의 편법이었다.

하지만 로키스는 더 빠르게 반응하기를 원하고 있었다.

드래곤인 자신의 눈으로 보기엔 개선될 여지가 충분함에도 느꼈기 때문이었다.

현성은 벌써 파이어 월 마법만 100번을 넘게 캐스팅하는 중이었다.

캐스팅 자체에는 마나 소모가 크지 않다지만, 심력 소모가 아예 없는 것은 아니었다.

시간이 지날수록 집중력이 흐트러지면서 더욱 성과가 안 좋아졌다.

로키스는 아예 현성을 발로 걷어차면서까지 강하게 그를 조련하고 있는 것이었다.

현성이 지금까지 마법을 배워오면서 한계에 부딪혔던 적은 없었다.

배워라 하면 배웠고, 그 과정에도 오랜 시간이 걸리지 않았다.

자신의 과거와 조우해야 했던 고난과 시련도 있었지만, 그때는 극복할 수 있겠다는 생각을 했었다.

하지만 이번엔 달랐다.

지금까지의 배움이 무의미해지는 것 같은 느낌.

자신이 한없이 초라해지는 듯한 비참한 느낌이 들기까지 했다.

하지만 그럴수록 오기가 생겼다.

현재까지 유지해 온 틀을 부숴야 한다면, 그렇게 할 생각이었다.

더 강해질 수만 있다면.

수단과 방법?

중요하지 않았다.

"지금 네 과정은 이렇게 이루어지고 있다. 파이어 월을 써야겠다, 파이어 월을 떠올린다, 파이어 월에 대한 수식이 자연스럽게 계산이 된다, 캐스팅 완료. 이런 식이다."

"예. 그렇습니다."

"아주 간단한 문제다. 써야겠다는 생각을 하는 그 순간 이미지도 같이 생각해 내라는 것이다. 그럼 당연히 수식 계산이 더 빨라질 것이고, 캐스팅도 마찬가지겠지. 전장에서는 0.5초 차이로 죽고 살고가 갈린다. 지금 너는 모든 마법을 사용할 때마다 0.5초씩 손해를 보고 있는 것이다. 그 시간 하나 때문에 동료가 죽거나, 네가 죽을 수 있다. 죽일 수 있는 적을 놓칠 수도 있고 말이다."

단 1초.

그 1초의 중요성을 현성은 잘 알고 있었다.

김성희를 상대했을 때도, 현성에게 딱 1초의 시간만 더 주어졌어도 김성희는 기억이 사라지는 게 아니라, 머리가 사라졌을 터다.

시간을 좀 더 되돌려 보면, 16층 로비에서 있었던 전투에서 각 마법을 시전할 때마다 잡아먹은 0.5초가 쌓이고 쌓여, 김성희를 완벽하게 제거하지 못하게 된 발단이 된 것이다.

　"이게 가능해질 때까지 반복해야 한다. 이 틀을 깨지 못하면, 이 수련도 끝나지 않는다. 시작 해!"

　"알겠습니다."

　현성이 입술을 깨물며, 고개를 끄덕였다.

　로키스가 자신에게 매우 중요한 조언을 해줬다는 사실을 그는 잘 알고 있었다.

　다른 생각은 무의미했다.

　"파이어 월!"

　"다시!"

　화르르르륵— 파팟.

　로키스가 고개를 저으면, 현성은 캐스팅을 취소하고 화염 구체를 소멸시켰다.

　그리고 잠깐의 대기 시간을 가지고.

　"파이어 월!"

　"아니라고 했다!"

　화르르르륵— 파팟.

　같은 수련이 반복됐다.

　입에서 단내가 날 정도로 거듭된 마법 수련.

연습은 거짓말을 하지 않는다.

현성은 느끼지 못했지만, 로키스의 눈에는 보였다.

점점 캐스팅 시간이 줄어가고, 또 줄어가고 있음이.

일주일의 시간이 흘렀다.

현실의 시간은 겨우 두어 시간이 흘렀을 뿐이지만, 이곳에서의 시간은 꽤 지나 있었던 것이다.

"하아. 하아. 하아."

현성은 완전 녹초가 되어 바닥에 널브러져 있었다.

오늘로 겨우 끝이 난 것이다.

현성이 지금까지 배워왔던 모든 마법에 대한 재수련과 부족했던 공격 마법에 대한 보충이.

4시간의 수면.

그것이 이곳에서 매일 현성에게 주어졌던 최대의 취침 시간이었다.

가상의 공간이라 그런지 배는 한 번도 고프지 않았지만, 수면 욕구는 있었다.

이곳에서 자는 것이 현실의 자신에게도 '휴식'이 되는지는 의문이었지만, 어쨌든 그랬다.

기본부터 시작한 마법 공부.

효과는 확실했다.

로키스는 마법의 기본 개념부터 시작해서, 각 마법마다 예상되는 활용 방법 및 주의점 등을 자세하게 설명해 주었다.

이것은 수천 년을 살아온 드래곤이기에 할 수 있는 설명이고, 축적된 데이터였다.

"이제부터 네가 배울 것은 7클래스 이상의 마법이다. 명심하거라. 인간의 기준이라면 최소 쉰은 넘겨야 구사할 수 있는 마법이지만 좋은 스승을 만난 덕분에 그 나이에 이루게 되었다는걸."

"그 점은 항상 가슴속에 새겨두고 있습니다."

스승이 살고 있는 세계.

그 세계에서 마법이라는 것이 얼마나 깊은 학문이고, 최고의 경지에 오르기 위해 얼마나 많은 시간을 투자해야 하는지 현성은 익히 들어 잘 알고 있었다.

마법을 하찮게 보거나, 대수롭지 않게 본 적은 없었다.

"다시 지식을 습득할 필요가 있겠군. 알려준 적이 없으니… 조금 아플 것이다."

"예? 끄아아아아아악!"

바로 그때.

현성의 온몸이 마치 전류에 감전된 듯, 부르르 떨리기 시작했다.

로키스가 마나 구체를 이용해 현성에게 지식을 주입하기

시작했던 것이다.

신정우와 비슷한 시간, 현성에게도 고난의 행군이 시작됐다.

지금까지의 모든 고통을 뒤엎을.

새로운 고생길의 시작이었다.

*   *   *

헬 파이어.

지옥의 불.

엄청난 열기와 폭발력을 머금은 화염 구체를 날려, 이에 닿는 모든 것들을 태워 없애 버린다. 영혼까지 사라져 버릴 듯한 엄청난 불길은 가공할 만한 것이었다.

메테오.

인위적으로 소환해 낸 운석을 끊임없이 쏟아지게 한다.

크고 작은 돌들이 가속을 받으며 무차별적으로 지면에 떨어지게 되고, 이에 피격당한 자들은 최소 중상에서 죽음에 이르는 엄청난 피해를 입게 된다.

블리자드.

냉기가 가득한 눈보라를 불러 일으킨다.

피격 범위 안에 있는 대다수의 적을 결빙 상태로 만들거나 극한(極寒)의 상태로 몰아갈 수 있다.

까무러치기 직전까지의 고통을 인내하고 인내하다, 마지막 정신을 놓을 것 같을 바로 그때.

로키스의 지식 주입이 끝났다.

현성은 로키스의 가르침 아래 더 강력한 마법들을 배워 나갔다.

그중에서 가장 파괴적인 힘을 가지고 있는 것은 역시 헬 파이어나 메테오, 블리자드와 같은 광역 공격 마법이었다.

하지만 이 마법만 배우고 끝난 것은 아니었다.

이제 텔레포트나 블링크 같은 이동 마법은 별다른 제약 없이 시전이 가능했고, 플라잉 마법 역시 마찬가지였다.

모든 마법에 대한 깨우침은 끝났고, 현성을 가로막는 핸디캡은 더 이상 없었다.

로키스는 만족스런 표정으로 현성을 바라보았다.

이제는 마법사라고 해도 손색이 없을 만큼 구색을 갖춘 차원 너머의 인간, 현성이었다.

한편으론 얼마나 차원의 균형이 무너졌는지도 실감이 갔다.

지금 이렇게 로키스가 제3의 공간에서 차원과 차원의 접점을 마련하는 것도, 과거에는 아예 시도조차 할 수 없었던 일이었다.

로키스도 현성과의 연결, 커넥팅을 시도하면서 성공 가능성을 반신반의했던 게 사실이었다.

연결이 되더라도 오랜 시간은 상주할 수 없을 것이라 생각했다.

차원은 그만큼 가변성이 높기 때문에, 원래의 형태로 되돌아가려는 항상성(恒常性)으로 말미암아 차원간의 연결이 약해질 수 있기 때문이다.

하지만 생각과 달리 연결은 굳건했다.

이것은 그만큼 차원간의, 시공의 균형이 더욱 무너져 있다는 증거였다.

자신이 현성에게 마음 놓고 지식을 전할 수 있었던 시간만큼, 다른 차원의 누군가도 이 세계의 능력자와 충분한 시간 동안 연결할 수 있게 된 것이다.

자르만과 일리시아는 로키스와 현성에게 있었던 일거수일투족을 모두 기록으로 남기면서, 로키스와 같은 생각을 했다.

점점 무너지고 있는 차원의 균형.

더 많은 능력자가 창궐할수록, 불균형은 심화된다.

종국에는 아예 벽이 허물어져 버릴 수도 있었다.

아이러니하게도 해결책은 하나였다.

차원의 불균형으로 탄생한 능력자를 제거하는 것이었다.

연결 고리가 계속해서 생겨날수록, 마치 지면 여기저기에 균열이 나듯 차원의 균열이 생긴다.

능력자들이 제거되고 연결점이 사라지면, 이는 자연스럽게 메꿔진다.

다시 말해서 만약 현성이 죽는다면, 자르만과 일리시아도 더 이상 '지구'라는 세계에 연결점을 만들기가 어려워지는 것이다.

혹여 같은 마법 실험을 하더라도, 전혀 다른 세계와 차원의 존재를 만나게 될 터였다.

자르만과 일리시아는 사실 가장 근본적인 해결책을 알고 있었지만, 이를 굳이 현성에게 말하지는 않았다.

아니, 이야기할 이유가 없었다.

모든 능력자가 죽고, 네가 죽어야 차원의 불균형이 사라진다니… 그런 말을 아무렇지 않게 할 사람이 누가 있겠는가?

"아이러니한 사실을 하나 알려주마."

그때.

불길한 예감이 들게 하는 로키스의 목소리가 들려왔다.

"예?"

녹초가 된 몸을 황무지 위에 눕히고 휴식을 취하던 현성은 로키스의 말에 바로 몸을 일으켰다.

무슨 이야기일까.

현성은 궁금해졌다.

"네가 탄생하게 된 배경은 잘 알고 있을 것이고."

"예, 물론입니다."

"그로 인해 파생된 차원의 불균형이 네 적수들을 만들었다는 것도 잘 알 것이다."

"모를 리 있겠습니까."

"그렇기 때문에 네 적수들을 단계적으로 제거해 나가야 한다는 것도 알 것이고."

"물론입니다."

당연한 이야기의 연속이었다.

현성은 고개를 갸웃거렸다.

무엇이 아이러니하다는 것일까?

그러자 로키스가 마른 입술에 살짝 침을 묻히더니, 헛기침을 두어 번 하고는 말을 이어나갔다.

"종국에 이르게 되면, 그것이 해피엔딩이라면 세상을 좀먹던 악한 놈들은 모두 사라지게 될 것이다. 그러면 네가 세상의 중심이 될 것이고, 가장 강한 사람이 되겠지. 그러면 어떻게 되겠느냐?"

"제가 다른 마음만 먹지 않는다면 다시는 같은 일이 반복될 일은 없지 않겠습니까?"

현성이 자신 있게 답했다.

그렇게 생각해 왔으니까.

─로키스 님, 그건…….

뚝.

아주 잠깐.

무언가 말하려는 두 스승의 목소리가 강제적으로 끊겼다.

로키스가 의도적으로 사일런스 마법을 건 것이다.

"애초부터 있어서는 안 되었던 일. 차원의 불균형을 완벽하게 해소하고 모든 것을 원점으로 돌리려면."

"예."

로키스가 말을 끊었다.

그리고 현성을 매섭게 노려보았다.

그 여느 때보다도 냉랭하고 차가운 눈빛으로.

로키스는 한참을 현성의 두 눈에서 시선을 떼지 않았다.

그렇게 십여 초의 시간이 흘렀을까.

다물어져 있던 로키스의 입이 다시 벌어졌다.

"너 역시 사라져야만 한다. 너로 인해 촉발된 차원의 불균형이기 때문에, 그 원인인 네가 사라지지 않으면 안 되는 것이다."

"……."

그 순간.

세상의 모든 것이 멈춰 버린 듯.

현성의 표정과 움직임도 거기서 멈췄다.

"그 이야기를 하시면 안 됩니다! 왜 그러시는 겁니까?"

"로키스 님, 이 이야기를 굳이 저 아이에게 들려줄 필요가……."

자르만과 일리시아가 마나 구체에 손을 댄 채로 현성과 교류하고 있는 로키스에게 소리쳤다.

불편한 진실.

그래서 더 제자에게 알리고 싶지 않았던 진실을 로키스가 가감 없이 모두 알려 버렸기 때문이다.

"그래서 너희들이 무책임하다는 것이다. 애초에 저 인간이 이런 운명에 처하게 된 계기가 너희 때문이라는 사실을 잊었나? 그렇다면 본인이 처한 상황과 그 미래, 결과물을 알려주는 것은 당연한 것이다. 너희 둘은 아주 잘못된 생각을 가지고 있구나. 실험은 네놈들 마음대로 시작해 놓고, 그 끝맺음을 확실히 하지 않을 생각이었나!"

쿠우우우웅!

인간의 모습으로 폴리모프한 로키스의 외침이었지만, 그 엄청난 외침이 저택 전체를 울리게 했다.

본신의 모습이었다면 진작에 저택이 통째로 날아갔을 것만 같은 격한 목소리였다.

로키스의 표정에는 화가 잔뜩 배어 있었다.

말을 꺼내자마자 어쩔 줄 몰라 하며 좌불안석하는 자르만과 일리시아의 모습이 안타깝다기 보다는 매우 괘씸하게 느껴졌던 것이다.

로키스는 순간 자신의 오른손에 검붉은 화염 구체가 만들어지려는 것을 보고는 분노를 거둬들였다.

욱하는 마음에 마법을 캐스팅했던 것이다.

"네놈들의 호기심이 만들어낸 산물이 네 제자다. 제자를 위한다는 이유로 숨기고 가려는 생각은 하지 마라. 이제 모든 선택의 열쇠는 네 제자에게 있다. 그것이 진정으로 제자를 대하는 스승의 모습이 아니냐?"

"……."

"……."

로키스의 엄한 꾸중에 두 사람은 아무 말도 할 수 없었다.

그의 말이 맞았기 때문이기도 했고, 그의 꾸짖음으로 느낀 부끄러움 때문이기도 했다.

"네 제자와 내 이야기가 끝나기 전까지 너희들은 단 한마디도 하지 마라. 그럴 자격이 너희에게는 없다."

"……."

로키스의 말에 자르만과 일리시아가 한 걸음 뒤로 물러섰다.

로키스는 두 사람을 한 번씩 노려본 뒤, 다시 마나 구체에
정신을 집중하기 시작했다.

*   *   *

생각을 아예 하지 않았던 것은 아니었다.

자의였든 타의였든 간에, 현성 자신은 두 스승의 실험에 의
해 전에 없던 능력을 갖게 되었다.

그것은 인생의 터닝 포인트였다.

그때를 시발점으로 차원의 불균형이 시작된 것도 잘 알고
있었다.

현성은 생각했었다.

자신으로 촉발 된 차원의 불균형이라면, 혹시나 자신이 죽
거나 한다면 자연스레 원상복구가 되지는 않을까.

하지만 스승에게서는 아무 말이 없었고, 그 이후 자연스레
잊어버렸던 생각이었다.

궁금증 아닌 궁금증을 해결해 준 것은 다름 아닌 로키스였
다.

로키스는 가감 없이 자신에게 사실을 알려주었다.

그리고 현성은 그 사실을 받아들이고 이해하기 위해, 잠깐
의 시간을 갖고 있는 중이었다.

로키스는 저 멀리서 현성을 바라보며, 조용히 입을 다물고 있을 뿐이었다.

"……."

쉽게 말문이 열리지 않았다.

노력과 투쟁, 그 끝이 자신의 죽음으로 맺어져야 한다는 사실이 로키스의 말처럼 아이러니했다.

어떻게 보면 가장 큰 적은 신정우가 아닌 바로 자기 자신이었던 것이다.

태생, 그 자체가 이미 문제였던 것이다.

'아니, 자책은 의미 없어. 날 탓할 필요는 없다. 원망을 스승님에게 돌릴 이유도 없어.'

현성은 고개를 저었다.

지나치게 비관적인 생각 일변도로 흘러가자, 마음을 다잡은 것이다.

죽는다는 것.

항상 어둠 속에서 적들과 싸우면서 죽음을 생각해 왔던 현성이지만, 죽겠다고 결심했던 적은 없었다.

허나 이것만큼은 결심이 필요한 일이었다.

세상의 모든 것들이 정리되더라도, 자신이 죽어야만 끝나는 차원의 고리.

자신의 목숨을 거둘 수 있는 것은 차원 너머에 있는 스승도, 로키스도 아니었다.

전적으로 본인 스스로의 의지에 달린 일이었다.

'내가 죽어야 끝난다… 아니, 그전에 죽을지도 모르지.'

현성이 입술을 깨물었다.

반대로 생각해 보면 자신이 신정우에 의해 죽거나 하면 더더욱 큰일이었다.

그를 상대할 대항마가 없으니까.

설령 그가 차원의 불균형을 해소할 방법을 알고 있다고 하더라도, 현성과 같은 고민 자체를 할 리가 만무했다.

결론은 하나였다.

생각이 돌고 돌았지만, 결국 중요한 것은 우선 최후에 살아남는 사람이 현성 자신이어야만 했다.

그래야 선택이라도 할 수 있고, 고민이라도 해 볼 수 있는 것이다.

자신이 죽으면, 고민은 무의미해진다.

애초에 이 힘을 얻던 그 순간부터, 세상을 위해 자신의 힘을 쓰기로 마음먹었던 현성이었다.

물론 개인의 부(富)를 위해 능력을 쓰기도 했지만, 이를 통해 벌이들인 돈은 소외된 사람을 위해 쓰거나, 기부를 통해 사회에 환원했다.

폭우로 홍수가 일어났던 그때, 빗줄기를 맞으며 현장을 찾아가 사람을 구했던 일.

차예련을 뱀파이어의 소굴에서 구해내고, 전력을 다해 그 녀를 치료해 주었던 일.

이 모든 일들은 현성이 아무런 대가를 바라지 않고, 오로지 사람들을 위해 했던 일이었다.

이제 와서 자신이 해온 일을 부정하고 싶지도, 그 의도를 다르게 해석하고 싶지도 않았다.

오히려 사실을 명확하게 알려준 로키스에게 감사해야겠다 는 생각이 들었다.

그는 진실을 숨기지 않았고, 현성이 모든 것을 알 수 있도 록 했다.

가장 껄끄러운 진실까지도.

차라리 행복할지도 모른다.

모든 것을 예전처럼 되돌리고, 바로잡고.

그리고 나서 최후의 선택으로 자신이 사라질 수 있다면.

그것으로 더 이상 주변의 사람들, 더 넓게는 세상의 사람들 이 고통 받고 두려워하지 않을 수 있다면.

그렇게 사라지는 것도 나쁘지 않겠다 싶었다.

저 세상에서 지켜보고 계실 부모님도 오히려 대견하다 생 각할 것이다.

'아버지, 어머니.'

현성이 하늘을 올려다보았다.

지금 이 상황도 지켜보고 계실까 싶었다.

옆에서 이야기할 수 있었다면, 아마 아버지는 주저 없이 자신에게 망설이지 말라고 하셨을 것 같았다.

아버지는 그런 사람이었다.

바보 같다 싶을 정도로 가족을 위해, 직장을 위해, 그리고 사람들을 위해 살아왔던 분이었다.

'일단, 지금은 내 모든 역량과 힘을 이 악연의 끝을 보는 것에 집중하자. 최후의 승리자가 내가 될 수 있도록, 그리고 선택도 내가 할 수 있도록.'

현성이 결심한 듯, 주먹을 꽉 쥐었다.

그리고 자리에서 일어섰다.

현성의 모습에 변화가 있자, 멀리서 지켜보던 로키스도 자리에서 일어섰다.

아직 전쟁은 끝나지 않았다.

현성은 우선 그 끝을 보고 싶었다.

그리고… 자신의 운명을 받아들일 생각이었다.

"로키스 님. 그리고 스승님."

"생각이 정리된 모양이군."

"예."

현성이 로키스를 부르고, 저 너머에서 이야기를 듣고 있을 두 스승을 불렀다.

얼굴에는 미소가 감돌고 있었다.

자르만과 일리시아는 말없이, 마나 구체를 통해 보이는 제자의 얼굴을 살폈다.

해맑은 얼굴.

그 얼굴이 오히려 두 사람에게는 가슴 아프게 다가왔다.

"네 생각은?"

"하겠습니다. 그리고 제 스스로 운명을 선택하겠습니다. 하지만 지금은 아직 끝나지도 않은 결과를 논할 때가 아닌 것 같습니다. 저는 전력을 다해서 놈들을 상대할 겁니다. 제가 죽임을 당하지 않는다면, 제가 놈들을 죽일 겁니다."

"후후."

로키스가 만족스런 표정을 지으며, 현성의 어깨를 툭툭 쳤다.

단순히 치기어린 정의감으로 치부할 수 없는, 결연한 의지가 보였기 때문이다.

구르르르릉.

쿠웅— 쿠웅— 쿠웅—

현성의 말이 끝나기가 무섭게 하늘에서 천둥소리가 들려오고, 지축이 흔들리기 시작했다.

"이제 이 공간에서의 시간도 끝이군."

로키스가 황무지의 지평선 너머로 보이는 화산의 분출을 바라보며 말했다.

제3의 공간을 더 이상 유지할 수 있는 균형이 사라진 듯했다.

"이제 헤어질 시간이군요."

현성도 직감한 듯, 로키스를 바라보았다.

"남은 것은 전적으로 네 몫이다. 심지어 나 같은 드래곤이라 할지라도 이제 네 목숨을 살려주거나 어떻게 해줄 수 없는 방관자가 된다. 네 스스로 부끄러워지고 싶지 않다면 최선을 다해라. 그리고 네 운명의 정점에 스스로 서라. 그러면 더 넓은 것이 보일 테니."

"명심하겠습니다. 스승님, 계속 지켜봐 주십시오. 끝까지 최선을 다하겠습니다."

현성이 허공 어딘가를 바라보며 고개를 숙였다.

굳이 시선이 맞지 않더라도, 알아서 두 스승이 알아봐 줄 터였다.

"그럼."

로키스가 현성을 보고, 환한 미소를 지어보였다.

그리고 점점 현성의 시야에서 희뿌옇게 사라져 갔다.

"후."

터져 나오는 한숨.

현성은 그 한숨 속에 답답함과 복잡함을 모두 털어냈다.
그리고 무너져가는 공간의 흐름 속에 모든 것을 맡겼다.
다시 전쟁터로, 현실로 돌아갈 시간이었다.

이제부터는 내일이 아닌 오늘, 오늘이 아닌 지금을 사는 자신이 될 때였다.

5장
뉴 페이스

"이보게, 젊은이! 도대체 왜들 이러나? 돈이 필요한가? 다 주겠네!'

　"그래? 줄 수 있는 만큼 다 꺼내봐."

　교외의 전원주택.

　노부부는 새벽에 갑자기 들이닥친 세 괴한에게 둘러싸인 채 벌벌 떨고 있었다.

　집 여기저기에 설치한 CCTV도, 보안 전문 업체의 경보기도 소용없었다.

　벌써 괴한이 침입한지 10분.

평소 같았으면 5분 만에 도착했을 보안 회사의 요원들도 감감무소식이었다.

어렴풋이 저 멀리서 사이렌 비슷한 소리가 들린 것 같기도 한데, 그 뒤로 끝이었다.

노부부 중 남자인 이창수.

그는 제분(製粉) 기업의 회장이었다.

홀몸으로 제분 시장에 뛰어들어 외길 인생을 살아온 지 벌써 60년이었다.

어마어마한 돈을 벌어들였음은 말할 것도 없었다.

게다가 평생 누군가와 원수질 만한 일을 한 적도 없었다.

하다못해 소속된 직원을 부당하게 해고한 경우도 없었다.

IMF 시절, 어쩔 수 없는 사정으로 대규모로 감원해야 했을 때에도 퇴직금은 모두 챙겨줬던 그였다.

"자, 여기 있네! 이것들만 해도 시가가 1억 원은 충분히 넘을 것이고, 지갑에 있는 돈도 모두 주겠네. 그러니 목숨만은 살려주게. 다음 주가 내 금쪽같은 딸의 결혼식이라네. 자네들을 신고하지도 않겠네. 조용히 나가만 주게!"

이창수가 애원하듯 말했다.

"부탁드려요! 부탁드립니다……."

그러자 옆에서 무릎을 꿇은 채로 흐느끼고 있던 부인 김명자도 입을 열었다.

"클클클……."

하지만 괴한들은 도리어 가소롭다는 듯이 조소를 흘렸다.

그리고는 오른손에 든 단검을 만지작거렸다.

이들이 엄한 마음을 품으면 자신들의 목숨은 바로 끝장난다는 사실을 노부부는 잘 알고 있었다.

그래서 사정하고 또 사정했다.

"사실 우리가 한탕 크게 하고 잠적할 생각이라서 말이야. 그러면 5억으로 합의를 보는 건 어떨까 싶은데? 이 계좌로 5억을 입금해 주면, 미련 없이 떠나도록 하지. 물론 다시 찾아오지도 않고. 어때, 이 정도면 목숨값으론 괜찮지 않나? 숨겨둔 금고가 있다면 거기서 꺼내 줘도 괜찮고."

괴한이 말했다.

세 일행 중에서 가장 키가 크고, 가장 차가운 인상을 가진 그런 남자였다.

뒤에 있는 두 남자는 떡대에 가까웠다.

툭—

남자가 계좌번호를 적은 메모지를 이창수 앞에 던졌다.

5억, 적은 돈은 아니다.

하지만 개인적으로 융통 가능한 금액이기도 했다.

평생의 소원.

자식의 결혼식을 모두 지켜보고, 눈에 넣어도 아프지 않을 손녀와 손자를 보면서 생을 마감해 가는 것.

그것이 이창수, 김명자 부부가 젊었을 때부터 항상 꿈꿔온 노년 생활이었다.

돈?

중요하지 않았다.

제 아무리 돈이 많다 한들, 죽어서는 빈손일 뿐이다.

요즘 들어 부부는 뼈저리게 느끼고 있었다.

때문에 종교 생활에 중심을 두고, 하루하루를 보람되게 살아가는 중이었다.

"그럼 그렇게 하겠네. 그러면 떠나주겠나?"

"물론."

남자가 고개를 끄덕였다.

기다려도 오지 않는 보안요원과 경찰들.

괜한 희망, 혹은 수를 쓰려다가 큰 화를 입고 싶진 않았다.

"따라오게."

이창수가 남자에게 손짓했다.

개인 금고가 있었기 때문이다.

불행인지 다행인지 그 금고에는 딱 5억 원의 돈이 5만 원권으로 채워져 있었다.

떡대들은 이런 상황을 예상했는지 한 놈은 김명자를 지켜보는 한편, 한 놈은 미리 준비해 온 포대 자루를 들고 남자의 뒤를 따랐다.

이윽고 금고 앞에 도착한 이창수가 비밀번호를 누르고 금고를 활짝 열어주었다.

그러자 신사임당이 그려진 5만 원권으로 가득 찬 금고의 내부가 환히 드러났다.

100개가 한 뭉치.

이게 총 100뭉치였다.

"가져가게. 신고도 하지 않겠네. 아무것도 하지 않을 테니… 조용히 떠나만 주게."

이창수가 다시 한 번 사정하듯 말했다.

그러자 남자가 고개를 끄덕이며, 이창수의 어깨를 토닥여주었다.

"미안합니다, 우리도 먹고 살다보니 어쩔 수가 없네요. 이해를 부탁드리겠습니다."

"아니네, 나 역시 이해하네."

존대로 바뀐 남자의 말.

이창수는 비록 5억은 잃었지만, 이렇게나마 딸의 결혼식을 축하해 줄 수 있게 되었다고 생각했다.

아니나 다를까, 남자가 더욱 적극적인 제스처로 이창수의 생각에 힘을 실어주었다.

티잉!

그가 단검을 바닥에 던져 버린 것이다.

더 이상 위협을 할 의사가 없는 것으로 보였다.

"후우."

그제야 이창수는 안도의 한숨을 내쉬었다.

시이이잉—

하지만 바로 그때.

눈앞에서 자신을 알 수 없는 미소로 바라보고 있던 남자의 손끝이 이상하게 변해가는 것이 보였다.

자신을 향해 남자가 가리킨 집게손가락.

푸욱!

"……!"

그 순간, 거짓말처럼 남자의 집게손가락이 쭉 늘어났다.

그리고 이창수의 이마 한가운데에 동그란 구멍이 뻥 하고 뚫렸다.

길어진 손가락이 날카로운 송곳처럼 변해, 그대로 이창수의 이마를 꿰뚫고 뒤통수로 빠져나온 것이다.

그는 비명을 지를 새도 없이, 자신이 죽는다는 사실을 인지하기도 전에 숨이 끊어져 버렸다.

지근거리를 두고 무릎을 꿇고 앉아있는 김명자도 알아채지 못한 죽음이었다.

쿠웅!

이창수가 앞으로 고꾸라지고, 그제야 김명자가 쓰러진 남편의 모습을 확인했다.

그러자 남자가 떡대를 향해 눈짓을 보냈다.

"하얏!"

쉬이이이익! 뻐억!

"으끅!"

온 힘이 실린 떡대의 내려치기에 김명자는 그 자리에서 목뼈가 부러져 즉사했다.

"자, 편히들 챙겨 나가자고. 경찰? 보안 업체? 다 필요 없지, 클클클!"

남자가 조소(嘲笑)를 흘리며, 떡대들을 독려했다.

교도소 출소 이후, 그는 할 일 없는 백수로 수년을 살았다.

세상은 전과자에게 살기 좋은 곳이 아니었고, 심지어 작은 일자리를 구하는 것조차 어려웠다.

그렇게 노숙 생활을 전전하며 살아가던 중, 우연한 기회로 이 엄청난 능력을 얻게 되었다.

그리고 팀을 만났다.

패거리로 모여 이렇게 대담하게 부자의 집을 털 수 있는 최고의 팀을.

자신의 능력은 양손을 자유자재로 원하는 모양으로 바꿀 수 있는 것이었다.

복잡한 구조의 물건은 만들 수 없지만 검이나 봉, 망치와 같은 형태로 바꾸는 일은 쉽게 가능했다.

손끝을 가늘게 만든 뒤, 잠긴 문을 여는 것도 어렵지 않았다.

방금처럼 긴 송곳 모양으로 손가락을 늘어뜨린 뒤, 날카롭게 만들어 사람을 죽일 수도 있었다.

마치 영화 '터미네이터 2'에 나오는 전투 기계로봇 T—1000의 능력이 팔꿈치에서 손가락까지 이어지는 부분에만 부여된 것과 똑같았다.

이 능력 하나만으로도 이렇게 부잣집을 털고, 사람에게 위협을 주기엔 충분했다.

벌써 그의 손에 죽은 사람의 수만 해도 수십이 넘어가고 있었지만, 정작 남자는 아무런 죄책감을 느끼지 못하고 있었다.

오히려 즐겼다.

자신이 살았다고 안도하는 그 순간, 죽었는지조차 모르게 죽여 버리는 살인의 쾌감을.

그가 소속된 팀, 더 나아가 단체는 바로 이런 미치광이들이 모인 조직이었다.

범죄자로 이루어진, 반사회적 단체.

통칭 '블랙리스트'에 소속이었던 것이다.

블랙 네트워크의 명칭과 유사해서 최근 혼란을 불러일으

키기도 한, 부산을 거점으로 세력을 빠르게 불려가고 있는 단체였다.

워낙에 사회적으로 뱀파이어가 큰 이슈가 되어서 그렇지, 블랙리스트는 오래 전부터 이렇게 부자를 대상으로 한 범죄와 살인을 벌여왔었다.

문제는 범죄의 대상이 되는 부자가 악행을 저질렀거나 사회적인 문제로 대두되었기에 그런 것이 아니라, 단지 돈이 많은 이유로 타깃이 되었다는 점이었다.

블랙리스트는 블랙 네트워크처럼 어떤 명분이나 이유를 제시하지 않았다.

목적은 돈이고, 목숨을 빼앗는 것은 그 과정 중 하나 정도로만 여겼기 때문이다.

그리고 구성원은 전부 범죄자 출신이었다.

크게는 살인죄로 무기 징역을 언도 받았던 자도 있었고, 작게는 절도, 강간, 폭행 등으로 교도소를 제 집보다도 더 자주 들락날락거린 자들이었다.

이들의 리더는 뱀파이어였다.

이름은 신상현.

그는 뱀파이어였지만, 경기권에서 있었던 뱀파이어 모임에는 참석하지 않았다.

부산 사람이었기 때문이다.

그는 자신과 비슷한 뱀파이어 세력을 규합하는 것 대신, 범죄자 중 능력을 얻은 자들을 한데 끌어 모으는 방법을 택했다.

서울이 신정우를 중심으로 블랙 네트워크와 경기권 뱀파이어가 뭉쳐 있는 구조라면, 부산은 신상현을 중심으로 범죄자로 구성된 능력자 조직이 뭉쳐 있었다.

그는 강했다.

이 남자도 신상현에게는 감히 대항할 생각조차 하지 못했다.

몇몇 성질 급한 놈들이 리더의 자리를 빼앗겠답시고 신상현에게 도전했다가 비명횡사한 적이 한두 번이 아니었다.

그의 말을 충실히 들으며, 그의 테두리 안에서 활동하면 문제될 것은 아무것도 없었다.

이제는 돈을 벌기 위해서가 아니라 죽임을 당할 사람의 면면을 보고, 그 반응을 즐기는 것이 목적이 되어 있었다.

총 다섯 명으로 구성된 팀.

그중 셋은 여기 있었고, 나머지 둘은 경보를 듣고 출동한 보안 업체의 차를 노렸다.

보안 요원들이 비명횡사했음은 두말할 필요도 없었다.

"슬슬 가볼까? 챙길 건 다 챙긴 것 같은데."

남자가 저택 여기저기를 둘러보며 말했다.

귀중품은 알아서 뱉어낸 덕분에 다 챙겼고, 금고도 5억을 꺼내간 이곳 말고는 없어 보였다.

현금 대부분이 통장에 있겠지만, 그 돈은 관심 없었다.

괜한 추적을 받고 싶은 생각도 없고 말이다.

"가죠, 끌끌!"

"어이쿠, 오늘 밤은 5억이나 해먹었네. 여자나 끼고 놀아야겠는뎁쇼, 형님?"

두 떡대가 싱글벙글한 채로 돈주머니를 들쳐 맸다.

그리고 바닥에 널브러진 김명자의 시체를 아무렇지 않게 밟고는 현관문을 열고 유유히 멀어져 갔다.

이미 박살이 난 CCTV들은 저마다 고개 숙인 볏짚마냥 엉뚱한 곳으로 렌즈를 향하고 있었다.

드르르륵— 드르르륵—

그때.

남자의 전화가 울렸다.

앞서 나가던 떡대가 뒤를 돌아보자, 남자가 괜찮다는 시늉을 하고는 손짓했다.

굳이 전화를 받겠답시고 여기서 오래 머물 이유가 없었기 때문이다.

"예, 형님."

신상현의 전화였다.

확인 전화 정도일 것이라 생각했다.

그의 지시로 턴 집이기도 했으니까.

—기철, 기원이와 같이 갔을 텐데.

"예, 그렇습니다."

—두 놈을 처리해라.

"예?"

—어제 술자리에서 엄한 이야기를 여자에게 떠벌리고 다 닌 것 같더군. 규율을 어기면 어떻게 되는지는 네가 더 잘 알 겠지.

"예."

남자의 표정이 굳었다.

하지만 그에게 있어 두 떡대보다는 형님, 신상현의 말이 더 중요했다.

어차피 저 떡대들과 우정을 나눈 것도 아니고, 생사고락을 함께하기로 한 사이도 아니다.

그저 비즈니스 파트너일 뿐.

—나머지 둘에게는 잘 얘기해 놓겠다. 챙긴 것은 가져오 고.

"예."

남자가 태연히 말을 받았다.

그리고 전화를 끊었다.

떡대, 기철과 기원은 연신 룰루랄라였다.

요 며칠 룸싸롱을 제집 느나들 듯했던 그들이었다.

몇 억이라는 돈.

흥청망청 써도 남는 돈은 그들에겐 천국이고 쾌락이었다.

하지만 그러는 도중, 신상현이 절대 하지 말라고 했던 말.

자신들의 능력과 힘을 사람들 앞에서 드러내고 말았던 것이다.

"형님, 무슨 전화입니까?"

"별거 아니다. 가자. 서두르자고."

"예!"

"클클클!"

별다른 의심 없이 떡대들은 길을 따라 걸었다.

시이이잉—

그러는 사이 남자의 두 손이 날카롭게 변하기 시작했다.

그리고.

타타타타탁!

남자의 몸이 빠르게 움직였다.

일거에 도약한 남자의 몸은 그대로 왼쪽에 있던 기철의 허리 위로 올라탔다.

푸욱!

"킥!"

남자의 매서운 검날이 그대로 기철의 뒤통수를 꿰뚫었다.

즉사였다.

"어엇!"

기원의 시선이 돌아가고.

눈과 코 사이를 뚫고 나온 남자의 검날을 보았을 때.

푸숙!

이미 자신의 얼굴 한가운데도 뚫린 후였다.

남자의 남은 팔, 아니 남은 검날이 그대로 자신의 미간을 뚫고 뒤통수를 비집고 나온 것이다.

쿠웅! 쿠웅!

동시에 두 떡대의 목숨이 사라졌다.

툭!

힘없이 떨어진 돈주머니.

남자는 양손에 묻은 피를 바지에 쓱쓱 닦아내고는 아무런 표정의 변화 없이, 돈주머니를 메고는 유유히 어둠 속으로 사라져 갔다.

*　　　*　　　*

현성이 로키스를 통한 최종적인 각성을 마치고 현실로 돌아와 일주일의 시간을 보내는 동안.

현성이 아는, 혹은 알지 못하는 많은 변화가 일어났다.

우선 가장 큰 변화는 뱀파이어에 대한 이야기들이 홍수처럼 쏟아지기 시작했다는 것이다.

매스컴은 자극적이고 두려움을 불러일으키기에 좋은 소재인 '뱀파이어'를 놓치지 않았다.

수많은 뉴스와 이에 관련된 시사—교양 프로그램 특집이 난무했고 '뱀파이어 공포'는 확대되고 재생산 됐다.

그중에는 사실이 왜곡된 정보도 많았지만, 그런 것들은 정보의 홍수 속에서 여과 없이 보도됐다.

괴담 중 대두되기 시작한 것이 뱀파이어의 특성이 감기처럼 공기를 통해서도 전염된다는 것이었다.

근거 없는 소문이었지만 이는 날개 돋친 듯이 SNS를 타고 퍼져 나갔고, 약국이나 편의점의 마스크는 불티나게 팔렸다.

이런 허무맹랑한 주장도 직접 입증해 줄 사람이 없으니 먹혀들었다.

뱀파이어 신드롬의 가장 큰 문제점은 이 사실의 진위를 가려줄 뱀파이어 또는 뱀파이어 전문가가 없다는 것이었다.

현성은 박 신부의 제안에서 착안, 박 신부의 동료이기도 한 정보원들의 도움을 받아 익명의 블로그를 만들었다.

그 안에는 뱀파이어에 대한 모든 정보를 담았다.

그동안 상대했던 뱀파이어들.

그들의 습성.

그들의 생활 패턴 또는 생존 방식 등등을.

반응은 폭발적이었다.

사람들이 가장 먼저 궁금해한 것은 블로그를 운영하는 운영자가 누구인가 하는 것이었다.

언론이나 매스컴 등에서 인터뷰 요청도 빗발쳤다.

하지만 공식적으로는 아르헨티나에 상주하는 것으로 되어 있는 블로거의 정체를 확인할 수 있는 사람은 아무도 없었다.

블로그 덕분에 괴담은 많이 사그라졌다.

그리고 블로그를 통해 새로운 이야기가 빠르게 퍼져나가기 시작했다.

낮은 여전히 안전하다는 것.

최근 뱀파이어 개체수가 현격히 줄어들만한 일이 한 번 발생했다는 것.

그리고 뱀파이어와 맞서 싸우고 있는 '누군가가' 존재한다는 것.

그런 사실들이 알려졌다.

하지만 이것으로 원론적인 문제가 해결된 것은 아니었다.

* * *

"시간이 좀 필요할 것 같아."

"역시 그 문제인가?"

"응. 뱀파이어의 악순환은 숙주를 찾지 못하면 영원히 끝나지 않아. 수면 위로 드러나는 능력자는 쉽게 제거할 수 있겠지만, 작정하고 숙주가 몸을 숨기면 뱀파이어의 끝은 없어."

현성이 매장에서의 일을 마치고 돌아온 저녁.

옥탑방 근처에서 현성을 기다리고 있던 리나는 할 이야기가 있다며, 현성과 근방의 공터로 향했다.

리나가 먼저 운을 뗐다.

뱀파이어 숙주에 대한 이야기였다.

"짚이는 곳이 있어?"

"뱀파이어가 가장 많았던 곳. 그곳이 바로 여기 경기도잖아. 숙주는 분명 이 안에 있을 거야. 이 세계의 말로 서울에서 김 서방 찾기라는 말이 어울릴 정도로 어렵겠지만, 불가능한 일도 아냐. 내 눈은 다르니까."

리나가 자신의 두 눈을 가리켰다.

뱀파이어를 가려낼 수 있는 눈.

그것은 분명 현성이나 박 신부와는 차별화된 그녀의 무기였다.

"그때 말했던 것처럼, 숙주를 제거할 수만 있다면 그 피를

채취해서 뱀파이어를 일반인으로 되돌릴 치료제를 개발할 수 있다?'

현성이 물었다.

일종의 바이러스와 백신 개념인걸까.

적어도 현성의 이해는 그러했다.

"가능해. 아주 쉽게. 그 방법은 내가 알고 있어. 그리고 한 가지 내가 말해 주지 않은 사실이 있는데, 숙주가 죽게 되면……."

"죽게 되면?'

"뱀파이어들의 힘도 전부 약해져. 흡혈에 대한 욕구도 급격하게 감소하게 되고, 활동성도 크게 떨어지게 되지. 그래서 반드시 숙주를 찾아야만 해. 숙주는 수많은 뱀파이어로부터 힘을 받고, 동시에 힘을 주기 때문에 자유롭게 이동하기가 쉽지 않아. 분명 놈은 어딘가 숨어 있어."

리나는 확신했다.

갇혀버린 시공간 속에서 영겁의 세월을 뱀파이어 헌터로 살아오면서 체득한 경험이었다.

산증인은 로키스였다.

그녀가 수많은 세계에서 수많은 뱀파이어를 사냥하고, 지식을 쌓는 모습을 모두 보아왔기 때문이다.

"알겠어. 원하는 대로 해. 단, 지원이 필요할 땐 언제든지 말해. 도우러 갈게."

"나도 마찬가지야. 도움이 필요하면 언제든 말해줘."

"참 고달프구나, 너와 나라는 사람의 삶이 말야."

"후후, 난 상관없어. 잠시 몸을 빌린, 이 김연희라는 아이한테 미안할 뿐이지. 그럼 바로 출발할게. 뱀파이어를 하나하나 쫓다보면, 생각보다 몸통에 빨리 도달할지도 모르니까."

현성이 고개를 끄덕였다.

그러자 리나는 순식간에 어둠 속으로 사라졌다.

드르르륵— 드르르르륵—

그때.

현성의 핸드폰이 울렸다.

자정이 훨씬 넘은 시간.

이 시간에 전화가 올 만한 사람은 그리 많지 않았다.

발신자 목록에 뜬 이름의 주인공은 박 신부였다.

"예, 박 신부님?"

—혹시 지금 티비라던가 스마트폰이라던가. 속보를 볼 수 있습니까?

"예, 가능합니다."

—집에 가는 대로 한 번 보시고 다시 전화주세요. 전혀 생각지도 않았던 곳에서 폭탄이 하나 터진 것 같습니다만.

"알겠습니다."

박 신부의 목소리는 꽤나 경직되어 있었다.

느낌이 좋지 않았다.

박 신부는 심각한 얘기도 곧잘 장난처럼 가볍게 이야기를 하는 타입이다.

상대에게 긴장감을 주기 보다는 단계적으로 차분하게 접근하길 바라기 때문이다.

그런 습관을 가진 박 신부가 거두절미하고 본론만 말했다는 것은 그 자체로도 큰 문제가 생겼다는 것이었다.

[속보] 광주 일대에서 대규모 살인 사건이 벌어져, 경찰 당국이 조사에 나섰습니다. 대검을 들고 충장로 한복판에서 나타난 정체불명의 용의자들은 행인을 무차별적으로 공격, 현장에서 35명이 즉사하고 110명에 달하는 시민이 부상을 입었습니다. 경찰은 인근 CCTV를 통해 파악 된 용의자들의 인상착의를 토대로 수사를 시작하는 한편, 전담팀을 꾸려 빠르게 용의자 검거에 나섰습니다.

[클릭] 현장 관련 동영상 바로 보기

인터넷 포털 사이트는 발칵 뒤집혀 있었다.

며칠 동안 검색어 상위권에서 내려가지 않던 뱀파이어 관련 단어가 모두 사라졌다.

그 자리를 채운 것은 광주, 충장로 사건, 충장로 무차별 학살 등등의 단어들이었다.

현성은 SNS를 통해 유포되고 있는 현장에서 촬영된 원본 동영상을 살폈다.

각 포털 사이트들이 빠르게 영상을 내리고 있었지만, 현성은 그전에 볼 수 있었던 것이다.

영상 속의 상황은 심각했다.

단어 그대로 무차별적인 학살이 맞았다.

충장로 한복판에 보란 듯이 정장을 차려입고 대검을 들고 나타난 십수 명의 무리는 갑자기 지나가던 사람을 향해 이유도 없이 칼부림을 하기 시작했다.

순식간에 번화가 한복판에서 피가 튀고, 예리하게 베인 상처에서 창자가 쏟아져 나온 사람의 비명이 터져 나왔다.

아비규환이었다.

그들은 도망치는 사람을 집요하게 쫓아가 베었고, 아직 숨이 끊어지지 않아 헐떡이던 남자의 목을 그대로 베어버리기도 했다.

미치광이라는 말이 잘 어울릴 정도였다.

이들은 단지 검을 유연하게 잘 쓰는 것이 아니었다.

현성의 눈으로 볼 때, 이들은 기본적으로 검술에 맞게 발달된 신체 능력을 가진 자들이었다.

즉, 또 다른 능력자 집단일 가능성이 있었던 것이다.

현성은 최근 박 신부와 함께 부산에서 창궐하기 시작한 모범죄 조직의 자료를 수집하고 있었다.

이름은 확보가 된 상태였다.

블랙리스트.

그들 역시 능력자 집단으로 추정됐다.

부잣집을 전문적으로 노리고 터는 그들은 대상으로부터 돈을 빼앗고, 목숨을 거두고, 신고를 받고 출동한 경찰이나 보안 업체의 직원까지 모두 죽였다.

골치가 아파지고 있었다.

블랙 네트워크가 여전히 건재한 가운데, 현성에게 있어 적대 세력으로 위치하게 될 가능성이 큰 집단 두 개가 추가로 등장한 것이다.

살인에 거리낌이 없는 자들.

하지만 일반 사람과 달리, 특별한 능력을 가진 존재들.

그런 자들이 각지에서 창궐하고 있었다.

본격적인 혼란이 시작된 것이다.

[속보] 출동한 지역 경찰과 살인 용의자간 교전 발생 (1보)

이어서 새로운 속보가 전해졌다.

막 들어온 소식을 헤드라인만 전하는 1보.

그 한 줄의 단어는 사태의 심각성을, 점점 악화되어가고 있는 상태를 확실하게 보여주고 있었다.

부산에서 확인된 블랙리스트보다 더한 자들이었다.

현지 경찰을 기습이나 일부를 노린 게 아니라, 아예 전투를 치르고 있는 것이다.

이것은 목적이 살인에 있지 않고서야 할 수 없는 일이었다.

현성은 박 신부에게로 전화를 걸었다.

"아무래도 제가 생각하는 것이 맞을 것 같군요."

―본격적으로 시작된 모양입니다. 세상에 자신들의 정체가 알려지길 바라는 녀석들이라면, 지금만큼 좋은 시기도 없을 테니까요.

"후우."

현성이 한숨을 내쉬었다.

한편으로 생각해 보니, 차라리 잘 됐다 싶었다.

로키스가 말했던 대로, 어차피 이 지독한 악순환의 끝을 보려면 어설프게 능력 발휘를 하면서 돌아다니는 녀석들이 모두 사라져야만 했다.

능력을 사라지게 하든, 그 존재 자체를 사라지게 하든.

그렇다면 어디에 있는지 알지도 못하게 숨어 있는 것보다야, 저렇게 대놓고 모습을 보이는 것도 나쁘지 않았다.

단, 신경 쓰이는 것은 한 가지.

그러는 가운데 희생될 죄 없는 사람들이 문제였다.

그들에게 잘못이 있다면, 그저 그 시간에 현장에 있었다는 것이 전부였다.

"일단 뵐까요?"

—그러지요. 리나 양은 떠났죠?

"예, 그렇습니다."

—제가 그쪽으로 가지요. 아이들도 모두 잠들었으니, 별일 없을 겁니다.

"예."

통화가 끝나고.

박 신부는 바로 현성의 집으로 출발했다.

현성은 박 신부를 기다리는 동안, 계속해서 뉴스 보도와 인터넷 기사들을 살폈다.

소식은 계속 업데이트되고 있었다.

영상도 올라왔다.

이번에는 대로 한복판에서 벌어지고 있는 경찰과 놈들간의 교전을 누군가가 옥상에서 생생하게 담고 있는 동영상이었다.

현성은 순간 두 눈을 의심했다.

차라리 영화라고 하면 믿을 것만 같은 광경.

정장을 차려 입은 자들이 날카로운 대검을 이리저리 휘두르고 있었다.

경찰차에서 다른 차로 건너뛰고, 옆에서 동료가 총격에 쓰러지고 있음에도 아랑곳 않고 경찰을 덮쳐 도륙(屠戮)했다.

그리고 그들로부터 빼앗은 총을 이용해 다른 경찰들을 쏴 죽였다.

무법천지(無法天地)였다.

죽음을 두려워않는 그들 앞에서는 경찰들도 속수무책이었다.

총격전에서 일곱 명의 정장 사내가 죽어나가는 동안, 경찰 스물이 죽었다.

그리고 어느 정도 목표를 달성했다고 생각했는지, 그들은 빠르게 현장을 이탈해 어디론가 사라졌다.

광주 번화가 한복판에서 벌어진 엄청난 사건.

세상은 발칵 뒤집혔다.

말세(末世)라는 단어가 인기 검색어에 오를 정도였다.

그 어느 누구도 2014년인 지금, 길거리에서 칼부림을 볼 거라 생각지도 못했을 터였다.

그것도 어떤 폭력 조직간의 암투나 갈등에서 발생한 것이 아닌, 그저 이유 없는 묻지마 살인으로 벌어진 광경이었다.

경찰도 무력했다.

총이 검을 이기지 못하는 상황이 발생한 것이다.

시민들의 두려움은 더더욱 증폭되기 시작했다.

괴담은 다시 고개를 들었고, 이들 역시 뱀파이어 중 일부라는 소문이 퍼지기 시작했다.

*　　　*　　　*

"우리는, 우리는 죄가 없어! 뱀파이어가 된 게 죄야? 나도 원해서 된 게 아니었다구!"

"…흡혈은 자의로 했을 텐데."

"그, 그건! 살기 위해서는 어쩔 수 없잖아!"

꽈악.

"크아악!"

뱀파이어 하나가 애원하듯 소리치고 있었다.

이미 뱀파이어 동료들은 목숨을 잃고 난 후.

마지막 남은 생존자였다.

뱀파이어는 일곱 명의 남녀로부터 둘러싸인 가운데, 가장 덩치가 큰 남자에 의해 머리 양쪽을 눌리고 있었다.

관자놀이를 꽉 움켜쥔 남자는 버둥거리는 뱀파이어를 쉽사리 놓아주지 않았다.

"너희들은 누구야. 헌터도 아니고, 사냥꾼도 아니잖아. 도대체 누군데!"

뱀파이어가 악에 받친 목소리로 외쳤다.

헌터는 박 신부를 지칭하는 말이었고, 사냥꾼은 리나를 지칭하는 말이었다.

두 사람은 이미 뱀파이어들 사이의 네트워크에서 악명이 자자한 사람이었다.

그들만의 커뮤니티에서는 두 사람의 옷차림이나 외모 등에 대한 활발한 정보 공유가 있을 정도였다.

뱀파이어들은 이 두 사람보다 더한 사람, '그분'과 회합에 참석했던 리더들을 몰살시킨 자를 가장 무서워했다.

하지만 그 사람에 대해선 알려진 바가 없었고, 어쨌든 공포의 대상들에 대한 경각심은 늘 가지고 있었다.

하지만 이들은 전혀 알지 못하는 정체불명의 존재들이었다.

갑자기 자신들의 아지트에 나타나서는 순식간에 뱀파이어를 무차별적으로 학살했다.

방법 역시 특이했다.

마치 장풍을 쏘듯, 손을 뻗으면 무형의 기운이 뻗어져 나가서는 일거에 뱀파이어를 뒤로 날려 버렸다.

기공술이라는 명칭을 붙인다면 가장 어울릴 것 같은 능력이었다.

"맞아, 우린 그 사람들은 아냐. 하지만 그 사람들처럼 너희

같이 사회를 좀 먹는 존재들을 싫어하는 사람이지."

"뭐?"

"더 이상 말 섞고 싶지 않아. 끝내 버려."

"오케이."

쫘아아아악!

"으끄아아아악!"

남자가 관자놀이 양끝을 쥐고 있던 손에 힘을 주자, 뱀파이어가 고통에 찬 비명을 지르기 시작했다.

지이잉—

바로 그때.

남자의 양손에서 묘한 일렁임이 일었다.

그리고.

팍! 파사삭!

이내 시뻘겋게 변한 눈동자가 마치 풍선처럼 펑 하고 터졌다.

동시에 뱀파이어의 숨통도 끊어졌다.

즉사였다.

"……."

일행들은 말없이 현장에 널브러져 있는 뱀파이어의 시신을 살폈다.

놈들은 완벽하게 정리됐다.

생존자는 없었다.

푸슉― 푸슉―

일행 중 여성 하나가 은침을 들고, 현장을 돌아다니며 쓰러진 뱀파이어의 시체 위에 박아 넣었다.

그러자 하나둘, 서서히 한 줌의 재가 되어 사라졌다.

마치 처음부터 이곳에 없었던 것처럼.

"이런 개별 활동은 오래가지 못할 것 같은데. 아직 다른 쪽으로 소식은 없지?"

아지트 밖으로 나온 일행의 수는 총 일곱이었다.

남자 다섯에 여자 둘.

리더는 남자였다.

이름은 강민.

유명 프로게이머였던 사람과 이름이 같아, 기억하기에도 좋은 이름이었다.

"응, 없어."

옆에 있던 여성이 답했다.

그러자 강민이 말했다.

"블로그 쪽은? 내 생각에는 그 블로그, 분명 헌터나 사냥꾼 아니면 그 사람이 운영하는 곳일 가능성이 크다고 보는데."

"어제 메일을 보내봤어. 아직 시간이 얼마 지나지 않았긴 한데… 언론의 인터뷰나 취재도 거절하거나 답하지 않는 그들인데, 확인이나 할까?"

"후후. 만나게 될 거야. 그래야만 해."

강민이 고개를 끄덕였다.

"블랙, 그놈도 만나야 하는데."

강민의 옆에 있던 남자가 입술을 질끈 깨물었다.

여기에 있는 일곱 사람에게 있어, '블랙'은 최우선의 제거 대상이었다.

그리고 그 '블랙'과 맞서 싸우고 있는 헌터 일행은 반드시 만나야 할 대상이었다.

일곱 사람이 블랙을 최우선의 제거 대상으로 삼은 이유는 간단했다.

그들의 태생이 블랙, 신정우를 뗄레야 뗄 수 없는 관계로 만들었기 때문이었다.

원인은 각자가 모시고 있는 스승이었다.

이들 일곱의 스승의 이름은 청혈미선.

고결하고 맑은 피를 가진 존재라 하여 청혈, 미염(美髥)을 가지고 있다 하여 미선이라 불렀다.

청혈미선은 신정우의 스승, 적혈마선과는 오랜 적수였던 사이였다.

하지만 강호에서는 평생을 부딪치고 겨뤄왔음에도 무공의

고강함에 대한 고저(高低)를 결정짓지 못했다.

사이한 사파 마공과 고결한 정파 무공의 우열을 가릴 수 없었던 것이다.

그때, 적혈마선이 제시한 것이 바로 시공 너머의 존재에게 각자가 할 수 있는 모든 대법과 술법을 전개하여, 그 세계에서 최고가 될 수 있는지를 보겠다는 것이었다.

여기서 탄생한 것이 신정우였다.

그는 적혈마선의 제자였다.

그리고 청혈미선은 한 명의 제자 대신 일곱 명의 제자를 만들었다.

그것이 바로 지금 여기 뭉쳐 있는 일곱 사람이었다.

신정우와 일곱 사람은 서로의 존재를 모르고 있었다.

각자 모시고 있는 스승에게 적수가 있고, 그 적수가 누군가를 만들어냈을 것이란 사실은 알고 있었다.

다만, 그게 누구인지 특정할 수는 없었던 것이다.

먼저 감을 잡은 것은 청혈미선의 제자들이었다.

블랙이 블랙 네트워크에 올렸던 영상들, 거기서 보였던 검술이 예사롭지 않았던 것을 확인한 뒤.

그들은 스승 적혈마선이 구사하는 검법과 블랙의 검법이 풀어내는 부분에서 약간의 차이만 있을 뿐, 거의 같다는 것을 확인했다.

그래서 신정우를 목표로 삼고 있었다.

그리고 놈은 스승 적혈마선이 강호의 악으로 자리 잡았듯, 이 사회의 악으로 성장해 가고 있었다.

그 스승에 그 제자였다.

"이동하자."

"다음 장소로?"

"그래야지. 연락은 조급하게 기다릴 것 없어. 오겠지. 우린 반드시 만나게 될 운명이라니까."

강민이 양옆에 선 동료이자 동생인 남녀의 어깨를 두드려 주며, 유유히 어둠 속으로 사라져갔다.

*   *   *

"연락이 왔습니다."

"연락?"

"예. 형님과 꼭 연락을 하고 싶다고 합니다. 블랙 네트워크 쪽을 통해 들어온 연락입니다."

"누구지?"

"이번 광주 충장로에서 있었던 사건을 알고 계시지 않습니까?"

"그렇지."

"그 조직의 리더라고 합니다."

"…바로 연결해."

"예."

개인실에서 검술을 가다듬고 있던 신정우의 온몸은 땀으로 범벅이 되어 있었다.

그러던 와중에 연락이 온 것이다.

한동안 뜸했던 블랙 네트워크의 핫라인이었다.

여전히 홈페이지에는 능력을 가진 자들의 연락을 기다린다는 문구가 대문짝만하게 있었지만, 연락이 없던 차였다.

충장로 학살 사건.

신정우가 이 사건을 모를 리 없었다.

인터넷을 떠도는 영상을 보며 감탄까지 했던 그였다.

놈들은 물건이었다.

자신보다는 조악한 검술을 구사했지만, 패기는 인정해 줄 만했다.

일반인을 학살한 것도 모자라, 출동한 경찰까지 타깃으로 삼을 줄이야.

내심 어떤 자들인지 궁금했는데, 오히려 먼저 연락이 온 것이다.

"여기."

신정우의 심복 부하가 새롭게 연결된 핸드폰을 건넸다.

김성희가 당한 이후, 신정우의 곁을 보좌하기 시작한 두 명의 뱀파이어 쌍둥이 부하였다.

이름은 이민우, 이민호.

정말 흔한 이름, 그래서 튀지 않는 이름이었다.

"후우."

신정우가 얼굴에서부터 굵직하게 흘러내리는 땀을 수건으로 대충 닦아낸 뒤, 바로 전화를 받았다.

"여보세요."

─안녕하세요, 당신과 연락이 닿기를 기다리고 있었습니다. 반갑습니다, 블랙 씨.

수화기 너머의 목소리는 차가웠다.

하지만 그 끝이 살짝 떨리고 있었다.

신정우는 느낄 수 있었다.

"반갑군요."

─이제 사회에 나설 때가 된 것 같습니다. 그리고 당신은 우리에게 뛰놀 수 있는 충분한 장소를 제공할 것 같다는 생각이 드는군요. 당신이 그토록 말하는 '심판받아야 할 자'들, 세상에 너무 많지 않습니까? 그 잡다한 일은 저희가 맡아서 하지요. 피에 굶주린 저희들이.

완벽한 저자세였다.

하지만 말 한마디, 한마디마다 광기가 서려있었다.

피에 굶주린 살인마의 목소리.

사람을 죽이는 것에 있어서 무디기는 그들이나 신정우 자신이나 매한가지였지만, 저들은 마치 인생의 낙이 살인인 것 같았다.

"원하는 건?"

신정우가 되물었다.

조건 없는 협력?

있을 수 없었다.

적어도 셈이 밝은 신정우에게는 그러했다.

―원하는 것 없습니다. 당신은 효과적으로 블랙 네트워크의 모든 것을 통제하고 있고, 사람들은 당신을 두려워하죠. 저희는 사람들이 두려워하는 당신의 테두리가 필요한 겁니다. 지금보다 더 대담하게 활동하기 위해서!

수화기 너머의 남자가 목소리를 높였다.

신정우의 입가에 미소가 감돌았다.

솔직하게 드러낸 속마음.

그들이 원하는 것은 너무나도 간단했다.

사람들이 자신들을 더 두려워하게 만들기 위해 필요한 수단이었다.

블랙 네트워크는 훌륭한 모집 수단이자, 동시에 홍보 수단이기도 했다.

최근 뱀파이어 사건과 충장로 학살 사건으로 이슈에서 멀어지긴 했어도, 여전히 블랙 네트워크는 수많은 사람의 동경과 선망의 대상임과 동시에, 적이 되길 바라지 않는 두려움의 대상이기도 했다.

"인원은?"

—40명입니다. 모두 피에 굶주린 자들이죠. 그리고 의지할 가족, 혹은 챙겨야 할 가족 하나 없는 철저한 외톨이들… 이 정도면 블랙, 당신의 구미에 맞을 것 같은데요.

첫 대화를 나누었을 때, 끝이 떨리던 남자의 목소리는 사라지고 없었다.

자신감에 가득 찬 목소리.

남자는 오히려 신정우로 하여금 더 많은 관심을 가지고 느끼도록 유도하고 있었다.

재밌었다.

신선한 충격임과 동시에 우군(友軍)의 등장했다는 반가움이 교차했다.

좀처럼 잘 웃지 않는 신정우지만, 그의 입가에서 묘한 미소가 계속해서 감돌았다.

"만나죠."

신정우가 단호히 말했다.

이것저것 잴 필요도, 생각을 할 것도 없었다.

녀석은 동류(同類)였다.

―제가 가겠습니다.

"아니, 내가 내려가지요. 망설이지 않고 나에게 연락한 것
에 대한 답례 정도라고 해두면 좋겠군요. 후후."

―그렇습니까. 그럼 방문을 기다리도록 하겠습니다. 장소
는…….

남자가 자신들의 아지트 주소를 신정우에게 털어 놓았다.

생면부지인 신정우에게 과감하게 자신들의 아지트를 털어
놓을 수 있는 것.

그것은 신정우를 믿겠다는 뜻이기도 했고, 바꿔 말하면 혹
여 불상사가 생기더라도 충분히 대응할 수 있을 거란 자신감
의 증거이기도 했다.

부우우웅―!

몇 분 후.

신정우의 개인 사무실이 있는 오피스텔 지하에서 차 한 대
가 빠르게 어디론가 사라졌다.

그의 움직임에는 거침이 없었다.

*   *   *

"어때?"

—아직까지는. 죄다 잔챙이뿐이야. 시작하자마자 찾아낼 수 있는 거였다면, 내가 이 세계에 올 필요도 없었겠지. 아직 별일 없지?

"세상을 떠들썩하게 만든 사건만 빼면 달라진 것은 없지."

—그럼 또 연락할게.

뚝—

짧은 통화가 끝났다.

리나는 분주하게 움직이고 있었다.

그녀는 원래 잠이 없다고 했다.

하지만 이놈의 몸, 그러니까 원래 몸 주인의 체력이 워낙에 없었던 탓에 억지로 잠이 들어버린다고 했다.

쉽게 말해서 본인은 자기 싫은데, 몸이 퍼져서 눈을 감아버리게 된다는 것이다.

어쨌든 리나는 강행군 중이었다.

숙주를 찾는 일이 말처럼 쉬운 일이 아닌데다가, 그 시발점이 될 꼬리를 찾는 것도 난관이었기 때문이다.

현성은 박 신부의 고아원에 와 있었다.

낮잠이 올 법한 정오의 나른한 시간.

아이들은 고아원 앞의 놀이터로 나와 신나게 뛰어놀고 있었다.

현성은 박 신부의 개인실에서 최근 동향에 대한 이야기를 하는 중이었다.

드르르륵—

그때, 박 신부의 검은색 구형 핸드폰이 울렸다.

처음에는 구형 핸드폰의 용도를 몰랐던 현성이었지만, 최근 박 신부가 자신의 모든 것을 알려주면서 알게 되었다.

2G 시절의 소위 피처폰으로 통하는 이 핸드폰은 오로지 '정보원'과의 연락에만 쓴다고 했다.

이 핸드폰이 울리는 경우는 정보원에게 연락을 받을 때 아니고서는 없다고 했다.

즉, 지금의 연락은 뭔가 중요한 정보가 전해질 예정이라는 뜻이기도 했다.

"현성 씨, 잠시."

"예, 받으시죠. 이런 거 굳이 허락 안 받으셔도 됩니다."

"여보세요?"

여전히 박 신부는 자신을 깍듯이 대한다.

말을 놓으라 해도 놓지 않았고, 예의를 잃은 적도 없었다.

—형님, 접니다.

"응, 그래. 잘 지냈지?"

—무소식이 희소식이죠.

의도한 건지, 아니면 원래 수화기 설정이 그렇게 되어 있는

지는 알 수 없었지만 상대의 목소리가 들렸다.

박 신부도 그것을 알 것 같았지만, 굳이 신경 써서 소리를 줄이지는 않는 눈치였다.

현성을 믿으니, 그럴 법도 했다.

"무슨 일이냐? 너한테 먼저 연락이 올 정도라는 건, 정말 중요한 얘기라는 거잖냐."

─그렇죠. 그런 일입니다.

"어떤 일?"

─현성 님도 계신가요?

"물론이지."

아, 나를 현성 님이라고 부르는구나.

하고 현성은 생각했다.

낯간지러운 명칭이긴 했지만, 신경 쓰이진 않았다.

─그럼 잘되었군요. 블로그 쪽으로 메일이 왔습니다. 아디시피 그 아이디는 제가 관리하고 있잖습니까.

"그렇지. 하지만 인터뷰나 방송국은 접촉하지 않기로 했잖아."

─그런 메일은 애초에 보고도 안 드렸을 겁니다. 하지만 이건 내용이 좀 달라서요.

"어떤 내용이지?"

─현성 님을 만나고 싶어 하더군요. 그리고 자신도 '당신

처럼 특별한 능력을 얻은' 사람이라고 했습니다. 이런 발언
은 아무나 쉽게 할 수 있는 게 아닙니다. 우리를 눈치채고 있
다는 증거이기도 하구요.

"만나고 싶어 했다?"

—예, 자신들의 인원과 연락처도 남겨두었습니다. 위치는
만약을 위해서 알려주진 않은 듯하더군요. 어떻습니까? 만나
보실 생각이 있으신지.

"내게 메일 원문을 보내줘. 현성 씨와 확인해 볼 테니."

—예, 형님. 그럼 몸 건강하십시오.

"그래, 또 전화하마."

잠깐의 통화가 끝났다.

새로운 능력자, 아니 능력자 단체의 등장.

현성의 두 눈이 번뜩였다.

마침 데스크톱 앞에 앉아있던 박 신부는 바로 포털 사이트
에 로그인하고 이메일 창을 열었다.

현성은 자연스럽게 박 신부의 뒤에 자리 잡았다.

박 신부가 몇 번 클릭을 하자, 전달된 원본 메일이 보였다.

[당신들을 만나고 싶습니다. 당신들은 우리처럼 어둠 속에
서 악의 무리에 저항하고 있는 그런 멋진 사람들이라 생각합
니다. 우리 역시 당신들에 비견할 바는 못 되지만, 충분히 특

별한 능력을 가지고 있습니다. 힘을 보태고 싶습니다. 그만한 정보도 가지고 있습니다. 연락 기다리겠습니다. 010-XXXX-XXXX]

적극적인 접근이었다.

현성도 박 신부도 평범한 메일은 아니란 생각을 했다.

그들은 자신들의 본질을 꿰뚫어보고 있었다.

물론 다른 가능성도 있었다.

블랙 네트워크를 위시한 신정우 혹은 그의 주변인과 연결된 단체에서 떠보기 위해 보냈을 가능성이 존재했다.

하지만 현성은 그거면 그거대로 괜찮겠다고 생각했다.

이제 전면전이 코앞에 남은 상황.

과거처럼 어둠 속에 모습을 가리고 싸울 생각은 없었다.

"만나보죠."

현성이 먼저 운을 뗐다.

"저도 그게 좋아 보입니다."

박 신부도 동의했다.

드르륵.

현성의 의사를 확인한 박 신부는 서랍 속에서 또 하나의 피처폰을 꺼냈다.

"이걸로 전화하시면 됩니다. 소위 말하는 대포폰입니다,

하하하. 적당히 쓰고 버려도 되는 폰이죠."

"음… 신부님은 준법정신(遵法精神)이 투철하다고 생각했었는데요."

"수백 년을 살아온 제게 준법이란 먼나라 이웃나라 얘기지요, 하하하."

농담이 오갔다.

수백 년이라는 단어가 묻어나오는 것이 자연스러운 대화.

현성은 박 신부를 향해 환히 웃어 보이며, 피처폰에 메일에 적혀 있던 번호를 누르기 시작했다.

과연 그들은 누구일까.

현성의 가슴이 두근거렸다.

뚜우우― 뚜우우―

무미건조한 연결음이 이어졌다.

박 신부는 현성이 통화에 집중할 수 있도록 방문과 창문을 닫았다.

그리고 조용히 숨을 죽인 채, 현성의 통화가 이어지길 기다렸다.

―여보세요.

그때.

수화기 너머의 존재가 목소리를 드러냈다.

"안녕하십니까, 메일보고 전화드렸습니다."

―아…….

현성의 말을 듣는 순간, 수화기 너머의 사람에게서 떨리는 탄성이 터져 나왔다.

목소리의 주인공은 여인이었다.

―자, 잠시만요. 잠시만요. 오빠를 바꿔드릴게요.

"예."

다급히 통화 대상자를 바꾸는 여인.

현성의 전화가 불쑥 걸려온 것에 적잖이 놀란 눈치였다.

수화기 너머로 어떡해, 진짜 전화가 왔어! 하는 수군거림이 들려왔다.

―예, 전화 바꿨습니다. 안녕하십니까, 강민이라고 합니다. 제가 메일을 보냈습니다. 방금 통화한 사람은 동생 영미입니다. 정돈되지 못한 모습을 보여드려 죄송합니다. 잠시 휴식 중이었거든요.

전화를 바꿔 받은 사람.

강민의 목소리는 아주 또렷하면서도 힘이 실려 있었다.

"반갑습니다. 메일은 잘 보았습니다."

―실례지만 헌터이신가요? 아니면……?

강민은 통화 대상이 헌터 박 신부는 아니라고 생각하는 것 같았다.

그리고 최근에 나타나 헌터처럼 뱀파이어를 전문적으로

사냥하는 여인은 당연히 아니었다.

그렇다면 남은 인물은 제3의 존재.

바로 '그분' 이었다.

"아직 서로의 얼굴을 보지는 못했으니, 가명은 제이(J) 정도로 해두죠. 제이라고 합니다. 두 명의 헌터와 함께 싸우고 있는 사람입니다. 보잘 것 없지만 말이죠, 하하하."

―아, 그렇다면⋯⋯!

강민의 목소리 역시 끝이 떨렸다.

강민은 알고 있었다.

최근 뱀파이어들의 아지트가 초토화되고, 뱀파이어 조직 전체가 와해된 계기였던 '세영 아크로 타워' 사건.

그 사건의 핵심 인물이 지금 자신과 통화하고 있는 '제이' 이고, 그는 헌터의 능력을 훌쩍 뛰어넘는 실력자라는 사실을.

그건 눈으로 보지 않아도, 맥락을 보기만 해도 알아차릴 수 있는 것이었다.

뱀파이어들이 '그분' 김성희를 만나고 싶어 했고, 만남 자체를 영광으로 생각했듯이 이들도 마찬가지였다.

"솔직하게, 그리고 거두절미해서 말씀드리겠습니다. 지금은 우군보다는 적군이 더 많아 보이는 게 사실이고, 직접 만나기 전까지는 먼저 믿음을 가지기 힘든 것도 사실입니다. 만나길 원하는 장소가 있다면 말해보세요. 그곳에서 만나도록 하지요."

현성이 빠르게 자신의 의사를 전달했다.

반가운 마음이 앞서기도 했지만, 그 감정 하나만으로 일을
그르칠 수는 없었다.

―저희의 개인 아지트가 있습니다. 위치를 알려드리겠습
니다.

"그건 위험한 일 아닌가요? 우리를 그만큼 신뢰할 수 있겠
습니까?"

현성이 역으로 물었다.

냉정한 질문이기도 했다.

―바꿔 말씀드리자면, 만약의 상황에 대비할 자신도 있다
는 뜻입니다. 걱정 마십시오. 그곳에서 뵈면 좋을 것 같습니
다. 주변의 시선도 없고, 눈에 띄일 염려도 없습니다. 어떻습
니까?

"그렇게 하죠, 그렇다면."

현성이 동의했다.

피차 서로가 서로의 안전을 지킬 자신이 있다면, 장소는 크
게 중요치 않았다.

이야기는 일사천리로 이루어졌다.

현성은 강민으로부터 접선 장소에 대한 정보를 받았다.

만나는 시각은 다음 날 자정, 즉 한밤중이었다.

　　　　*　　　*　　　*

　하루의 시간이 흐르고.

　현성과 박 신부는 차를 타고 남쪽으로 향하고 있었다.

　접선지는 대전이었다.

　서울에서 멀지 않은 거리였다.

　차 안은 묘한 고요함이 감돌고 있었다.

　신경 쓰이는 소식 하나와 희망적인 소식 하나를 동시에 들었기 때문이었다.

　희망적인 소식은 드디어 리나가 숙주와 연계된 것으로 보이는 개체를 찾았다는 것이었다.

　뱀파이어 숙주는 일반 뱀파이어와 달리 거동이 매우 불편하기 때문에, 반드시 보조해 줄 존재들이 필요했다.

　흡혈도 직접 할 수 없어, 구해온 개체를 입에 물리거나 혹은 피를 입에 넣어줘야만 했다.

　리나는 그 하수인 노릇을 하는 뱀파이어를 하나 잡아냈던 것이다.

　즉, 그리 머지않은 반경 내에 숙주가 살고 있는 것이 분명하다는 확증이었다.

　하지만 교전 중에 녀석이 죽어버렸고, 때문에 더 자세한 정보까진 얻지 못했다고 했다.

신경 쓰이는 소식은 블랙 네트워크 공식 홈페이지에 대문짝만하게 걸린 새로운 공지였다.

한동안 굵직한 공지 없이 조용한 시기를 보냈던 블랙 네트워크의 홈페이지는 어제부터 폭발적인 방문자 수를 기록하며, 각종 인터넷 포털 사이트의 검색어 상위를 차지하고 있었다.

[블랙 네트워크는 사회의 정의를 실현하고, 사회에 반(反)하는 세력을 조기에 제거하기 위해 더 많은 인재(人才)와 협력할 계획이다. 곧 멋진 사람들을 소개할 때가 올 것으로 보인다. 기대해도 좋다.]

단, 네 줄의 문구였지만 반응은 폭발적이었다.

하지만 예전처럼 정의의 사도, 혹은 심판자로서의 블랙에게 열광하는 것이 아닌, 두려워하는 대상에 대한 공포심이 숨어 있는 반응이었다.

현성은 블랙 네트워크의 공지가 최근 남부 지방에서 등장하기 시작한 능력자 조직과 연관 관계가 있을 것이라 생각했다.

시기적으로 가장 맞아떨어지는 일이었기 때문이다.

신경이 쓰이는 것은 물론이거니와, 더 나아가서는 걱정도 되었다.

가장 악랄하게 수를 쓸 줄 아는 신정우와 뛰어놀 공간이 필요한 그들이 힘을 합친다면.

더욱 상대하기 까다로운 적이 될 터.

현성은 이 예감이 그저 기우이길 바랐지만, 현실이 될 가능성이 높다고 생각했다.

냉정하게 판단해서 더더욱 그러했다.

"가끔은 이런 생각을 합니다."

적막을 먼저 깬 것은 박 신부였다.

현성도 창밖을 바라보며 앞으로의 행보에 대한 고민을 하다 침묵을 깬 박 신부의 말에 시선을 돌렸다.

"어떤 생각을 하십니까?"

현성이 살짝 미소를 머금으며 말했다.

조금은 경직된 분위기를 풀기 위한 현성의 제스처였다.

"제게 영생이 주어졌다고 해서 죽지 않는 것은 아닙니다. 다만 남들을 죽음에 이르게 하는 불치병 정도에나 안전하다고나 할까요. 저도 사람이니 찌르면 피가 나고, 피가 나다보면 죽게 마련이죠. 하하하."

"신부님은 제가 지켜드릴 겁니다. 걱정 마세요."

현성이 박 신부의 어깨에 손을 얹었다.

이따금씩 요즘의 박 신부에게서는 외로운 모습이 종종 보이곤 했다.

수백 년을 살아온 인간의 외로움이란 이런 것일까.

현성은 경험해 보지 못했지만, 짐작할 수는 있었다.

"하하하, 든든하군요. 예전에 동료들과 이런 얘기를 한 적이 있었습니다. 죽고 싶으면 서로에게 부탁해서 죽여 달라고 하면 되지 않겠느냐고."

"그럴 수도 있겠네요."

"그래서 실제로 동료 중 하나가 자신을 죽여 달라 했었습니다. 사랑하는 사람을 잃은 슬픔을 감당하지 못했었거든요. 그녀를 따라 떠나고 싶다고. 하지만 정작 그 녀석을 죽이기 위해 우리가 모여들기 시작하자, 살고자 의지가 강했는지 또 살려달라고 하더군요. 자긴 아직 죽을 때가 아니라면서."

"그래도 살아있는 게 더 행복한 것 아니겠습니까?"

"그 녀석이 저와 통화했던 녀석입니다. 이후로 사람과는 단절된 삶을 살고 있지만… 어쨌든 엄한 생각 안 하고 잘 살아주고 있으니 고마운 일이죠. 그냥 문득 그런 생각이 들었습니다. 저와 현성 씨는 사선을 넘나드는 삶을 살고 있고, 당장에 죽는다고 해도 이상하지 않으니까… 그렇다면 죽는 것은 무엇일까? 너무 오래 살아왔기 때문에 죽는다는 것에 대한 감각이 무디어졌다고 할까요. 너무 많은 사람이 죽는 것을 지켜봐 왔고 경험했기 때문에, 마치 감기에 걸리는 것처럼 별 것 아닌 것 같다는 생각을 종종 하게 됩니다."

"신부님만이 느낄 수 있는 특별한 감정이겠지만, 좋은 감정은 아닐 것 같습니다. 그만큼 많은 고민을 하게 만들기도 하구요."

현성이 고개를 끄덕였다.

박 신부는 항상 유쾌해 보이는 사람이지만, 눈빛에서 느껴지는 외로움은 늘 있었다.

그것을 숨기기 위해 더 유쾌한 척, 즐거운 척 하는 느낌을 현성은 받았던 적이 꽤 있었던 것이다.

그래서 공감이 갔다.

하지만 항상 유쾌하고 즐거워 보이는 박 신부가 저런 말을 꺼내니, 걱정되는 것도 사실이었다.

"뭐, 가끔은 사색에 잠기는 것도 나쁘지는 않습니다. 매번 가볍게 살아갈 수도 없고, 무겁게 살아갈 수도 없겠지요. 늘 하는 말이지만, 어쩌면 제가 인생의 무료함을 느끼며 보람마저 잃어갈 즈음, 현성 씨를 만나게 된 게 최고의 터닝 포인트일지도 모릅니다. 요즘은 하루하루 정말 바쁘게 살아가고 있으니까요. 그 점은 정말 행복하게 생각합니다."

"저 역시 박 신부님을 만난 것을 최고의 행운이라 생각합니다. 혼자였다면 어쩌면 지금쯤 이렇게 온전히 살아있지 못했을지도 모르죠. 제게 변화가 필요할 때, 그리고 새로운 세상을 알아야 할 필요가 있었을 때! 박 신부님을 만난 것은 정말 다행이었습니다. 그리고 지금도 이렇게 같은 방향을 향해 함께 달려가고 있으니까요."

"낯간지럽기도 하지만, 그래도 가슴 벅찬 말입니다. 저 역시 행운이라 생각합니다. 그리고 그 행운의 끝이 해피엔딩이 길 더더욱 바라구요."

박 신부가 환히 미소를 지어보였다.

현성 역시 같은 미소로 답했다.

부우우웅—

어느새 탁 트여버린 고속도로.

박 신부는 다시 속력을 냈다.

목적지가 얼마 남지 않았음을 네비게이션이 알려주고 있었다.

그들은 누구일까.

어떤 목적을 가지고, 지금까지 어떤 삶을 살아온 사람일까?

현성은 궁금해졌다.

한편으론 함정이 가능성도 배제하지는 않았다.

유비무환(有備無患).

대비해서 나쁠 것은 없었다.

　　　　*　　　*　　　*

　두 사람의 차가 멈춰선 곳은 오래 된 녹슨 컨테이너가 여기
저기 쌓여있는 공터였다.

　폐기처분될 만한 차와 쓰기 힘들어 보이는 컨테이너, 잡다
한 고철 덩어리가 널브러져 있는 곳.

　이제 수명을 거의 다해 가는 듯한 가로등 몇 개만이 이곳이
얼마 전까지는 그래도 인적이 있던 곳임을 알려주고 있었다.

　"흠."

　차에서 내린 현성이 주변의 기운을 감지해 보았다.

　혹시나 숨어 있는 적이라던가, 기습 등을 생각하지 않을 수
없었기 때문이다.

　그런 것은 없었다.

　다만 현성 일행의 도착과 맞춰서 불이 켜진 컨테이너가 하
나가 있었다.

　끼이이이익—

　이윽고 컨테이너의 문이 열렸다.

　현성은 만약을 대비해 캐스팅 대기 상태로 있었다.

　언제든 바로 전투에 임할 수 있도록.

　"오셨습니까? 안녕하십니까, 전화드렸던 강민입니다. 이렇

게 뵙게 돼서 정말 영광입니다."

"안녕하세요."

"안녕하십니까."

강민을 선두로 뒤에 선 여섯 남녀가 현성과 박 신부에게 공손히 인사를 올렸다.

박 신부와 현성은 만약을 위해 외모를 살짝 바꿔둔 상태였다.

"반갑습니다."

"모두 반갑습니다."

현성과 박 신부가 차례대로 악수를 청했다.

여전히 묘한 경계감이 서로에게서 감돌고 있었지만, 눈빛을 교환하는 과정에서 서로를 의심할 필요가 없다는 것을 느낀 것 같았다.

악수를 통해 오고가는 온기 속에 묘한 긴장감도 서서히 벗겨져 나갔다.

"이런 장소면 최소한 외부의 시선으로부터는 안전하니까요. 부득이하게 수상하다 여기셨을 수도 있을 것 같습니다. 죄송합니다."

"괜찮습니다. 충분히 이해하니까요. 걱정하지 않아도 됩니다."

현성이 일곱 사람을 향해, 환히 미소를 지어보였다.

수염을 붙인 입과 턱 언저리가 당겨왔다.

항상 말끔하게 면도를 하고 다니는 현성에게 수염은 어색한 아이템이었지만, 외모적인 부분에서 썩 나쁜 선택은 아니었다.

나름대로의 매력이 있었던 것이다.

물론 현성이 외모에 신경을 쓰는 타입은 아니었지만.

"누추하지만 컨테이너 안에서 말씀을 나누시는 건 어떨까요?"

"장소는 상관없습니다. 신부님, 괜찮으시죠?"

"하하, 제가 장소를 가리는 것 보셨습니까. 숨만 쉴 수 있는 곳이면 됩니다."

"이라고 하시는군요. 상관없습니다, 안내해 주세요."

"예, 거듭 죄송스럽습니다. 그리고 또 거듭 반갑습니다. 어려운 발걸음을 해주셔서 감사합니다."

강민이 연신 고개를 숙였다.

강인해 보이고 차가워 보이는 외모와 달리, 그는 현성과 박신부를 보고 어쩔 줄 몰라 하는 눈치였다.

마치 연예인을 바라보는 팬 같은 느낌이었다.

*　　　*　　　*

컨테이너에 아홉 사람이 들어가니 안이 가득 찼다.

아홉 사람이 원으로 빙 둘러앉은 형태.

제3자가 봤다면 마치 대학가의 MT라고 볼 법한 나이대의 사람들이 모인 장소였다.

하지만 내용은 무겁고도 진지했다.

강민은 그동안 자신들이 경험하고 부딪혀 왔던 일을 하나도 남김없이 현성과 박 신부에게 전했다.

그중에는 실제 전투 현장을 영상으로 남긴 것도 있었다.

현성과 박 신부는 그 영상을 보는 과정에서 놀라움을 금치 못했다.

우선 뱀파이어를 상대로 싸워왔다는 강민의 말은 사실이었다.

현성과 박 신부가 수도권에서 뱀파이어의 아지트를 찾아내 소탕했듯, 그들 역시 나름대로의 활동을 해왔던 것이다.

이미 뱀파이어들 사이에서는 껄끄러운 존재가 되어 있었다.

다만 워낙에 헌터 박 신부와 리나의 악명이 높은 탓에 '상대적으로' 묻혀 있을 뿐이었다.

현성과 박 신부가 놀란 것은 바로 이들이 사용하는 기술이었다.

현성이 쓰는 마법도, 그리고 신정우가 즐겨 쓰는 검술도 아니었다.

강민은 자신들의 능력을 일종의 '기공술' 같은 것이라 자평(自評)했다.

그 단어가 가장 잘 어울린다는 것이다.

현성이 보기에도 그러했다.

보이지 않는 기운을 이용해 적수를 상대했다.

마법은 아니었지만, 보이지 않는 무형의 기운이 상대를 타격하는 것은 확실했다.

신기했다.

현성은 즉석에서 시연을 요청했다.

그러자 강민이 컨테이너 밖으로 나와 자신들의 능력을 보여주었다.

마법과 유사한 형태를 찾는다면, 매직 미사일이 적당해 보였다.

보이지 않는 바람과 같은 기의 응집체를 날리는 것이다.

이것을 양손에 집중시킨 뒤, 몸에 최대한 가까이 붙인 다음에 힘을 주면 심각한 내상을 입힐 수도 있는 것이다.

"저희가 힘을 보탤 수 있도록 해주십시오. 큰 도움은 안 될 수도 있습니다만, 나름대로의 정보 네트워크도 가지고 있습니다."

현성이 먼저 운을 떼기 전에, 강민은 계속해서 자신들의 힘을 어필했다.

그만큼 강한 열망이 보였다.

현성, 그리고 박 신부는 느낄 수 있었다.

이들이 이 세상에서 힘을 얻게 된 이유, 그들이 추구하게 된 목적은 적혈마선이 만들어 낸 괴물 제자, 신정우를 제거하는 일이었다.

그들은 청혈미선의 그런 뜻에 공감했고, 그를 위해 싸워왔다.

그 첫 번째가 뱀파이어와의 싸움이었다.

"그렇게 하지요. 저는 당신들을 믿습니다."

"더 많은 믿음을 드리기 위해 노력할 것입니다. 도움이 될지 모르겠습니다만, 뱀파이어 조직 내에 협력자가 있습니다. 윗선까지 닿을 순 없겠지만, 조직 파악에 꽤 도움이 될 겁니다."

"내부에? 그렇다면 뱀파이어가?"

"따지자면 그렇게 되겠지만, 실제 뱀파이어는 아닙니다. 다만 그런 척을 하고 있는 동료가 있습니다. 어차피 뱀파이어끼리 서로 피를 확인하고 동류임을 느끼는 건 아니니까요. 기본적인 습성만 비슷한 '척' 해도, 속고 마는 것입니다."

"오……."

현성은 강민의 말에 탄성을 흘렸다.

아주 큰 도움이 되는 정보였다.

박 신부와 연계된 정보 조직도 내부에 사람을 두고 있는 경우는 없었기 때문이다.

"이건 매우 좋은 소식인 것 같습니다."

박 신부도 고개를 끄덕였다.

그의 눈빛이 더욱 반짝이고 있었다.

"함께합시다."

현성이 손을 내밀었다.

그리고는 천천히 자신의 얼굴을 감싸고 있던 몇 개의 인조 피부 조각과 수염을 걷어내기 시작했다.

얼굴을 가리고 있던 것이 사라지고.

이내 말끔한 젊은 현성의 얼굴이 드러났다.

10년을 훌쩍 젊어지는 시간의 이동이었다.

"어?"

바로 그때.

현성을 지켜보고 있던 여인 하나가 깜짝 놀란 듯, 그를 가리켰다.

여인의 이름은 김민희.

흔한 이름이지만, 외모는 그렇지 않았다.

후줄근하게 입은 트레이닝복 차림과 달리 눈빛이 꽤나 관능적인 여인이었다.

이런 자리가 잘 어울리지 않을 것 같은.

한밤중의 클럽이나 유흥가가 잘 어울릴 것 같은 섹시한 타입의 여성이었다.

"따뜻한 뚝배기 한 그릇! 저도 본점을 가봤어요. 본점 사장님, 아니지 그러니까 CEO이신 거잖아요? 정현성 님이… 우리가 찾던 그분이었던 건가요?"

"어, 그러고 보니……."

김민희의 말에 강민과 다른 동료들의 시선도 자연스럽게 현성에게로 향했다.

그리고 고개를 끄덕이기 시작했다.

따뜻한 뚝배기 한 그릇 본점은 맛집을 좋아하는 남녀라면 한 번쯤은 꼭 가봐야 할 그런 장소가 되어 있었다.

이들 일곱이 매일 밤, 세상을 누비며 뱀파이어들과 싸우고 있었지만, 그렇다고 해서 현실에서의 삶을 모두 내려놓았던 것은 아니었다.

함께 여행도 가고, 맛집도 찾아가보고.

할 것은 다 해보는 여느 20대 남녀와 다르지 않았던 것이다.

"그렇게 되는군요. 반갑습니다, 정현성입니다. 아는 그대로입니다."

현성이 다시 악수를 청했다.

그러자 모두가 놀란 표정을 하면서도, 한편으로는 화색 가득한 얼굴로 현성의 손을 맞잡았다.

더욱 현성에게 믿음이 갔다.

프랜차이즈 기업의 어엿한 CEO임과 동시에 정의를 위해 싸우고 있는 영웅.

그가 바로 이 남자였던 것이다.

"저는 편하게 박 신부라고 불러주시면 됩니다. 다른 명칭은 필요 없습니다. 뱀파이어들은 종종 헌터라고 부르기도 하던데, 그 직함은 이제 다른 친구가 가져갔습니다. 하하하."

박 신부도 악수를 청했다.

그는 원래의 얼굴을 드러내지는 않았다.

현성도 그럴 필요가 없다고 생각해서 아무 말도 하지 않았다.

박 신부는 베일에 쌓여있으면 있을수록 좋은 사람이다.

강민 일행에 대한 신뢰는 현성이 자신을 보여준 것만으로도 충분했다.

인사는 빠르게 오고갔다.

현성은 우선 강민 일행이 머물 수 있는 거처를 서울에 마련해 주기로 했다.

신정우를 위시한 블랙 네트워크의 관련 인물들이 전부 경기—서울권을 벗어나지 않고 있었기 때문이다.

경기도와 서울만 합쳐도 대한민국 인구의 절반에 육박하는 지역이다.

굳이 지방을 노릴 필요도 없었다.

대한민국의 중심, 서울의 사람들만 두려움에 떨게 만들 수 있어도 여론을 몰고 가는 것은 어렵지 않았다.

이 생각은 신정우와 현성이 같았다.

그래서 두 사람 모두, 서울을 중요 거점으로 생각하고 있는 것이었다.

폭풍이 다가오고 있었다.

부산을 거점으로 다수의 강도, 살인 사건을 일으킨 조직 블랙리스트.

충장로 학살 사건으로 대한민국에서 공포의 존재로 떠오르기 시작한 미치광이들.

그리고 묵묵히 뱀파이어와의 외로운 전투를 치러왔던 강민과 여섯 남녀.

이 능력자 집단 모두가 북으로, 서울로 향하고 있었다.

6장
검은 월요일

일주일의 시간이 흘렀다.

어찌된 일인지 블랙 네트워크의 공지가 있던 그 직후.

사건 사고가 줄었다.

충장로 학살 사건을 일으켰던 자들의 행방도 묘연해졌고, 부산에서 유행처럼 번져나가던 강도, 살인 사건도 급격히 줄었다.

덩달아 뱀파이어의 소행으로 보이는 사건의 수도 줄어, 거의 보이지 않았다.

매스컴은 그때의 이슈를 따라가게 마련이다.

아무런 일도 생기지 않으니, 관심도 차차 줄어들었다.

다시 포털 사이트나 방송사의 뉴스들은 정치권에 관련된 이야기로 자연스럽게 채워졌고, 뱀파이어나 살인 사건에 대한 소식은 간간히 단발성 보도로만 다뤄졌다.

단, 수상하다는 목소리도 있었다.

갑자기 약속이라도 한 듯이 종적을 감춰버린 범죄자들.

몇몇 전문가들은 이것이 폭풍전야에 더 가깝다며 조심해야 한다고 했지만, 하루하루 벌어먹고 살기에 바쁜 서민들은 그런 이슈들을 빠르게 잊어버렸다.

방송사나 포털 사이트도 당장에 큰 자극을 줄 수 없는 기사를 더 이상 내지 않았다.

현성은 우선 강민 일행이 머물 수 있는 넓은 오피스텔을 알아봐 주었다.

그들에게 경제적인 여유는 충분했다.

당장에 강민의 집안만 해도 부유하게 살아와 돈 걱정을 하지 않는 그런 사업가의 집안이었다.

그래서 알아봐 준 것만으로도 충분했다.

강민은 현성이 경제적인 부분에서도 돕겠다는 제안을 한사코 거절했다.

현성에게 짐이 되고 싶지 않다는 것이 그 이유였다.

현성은 강민 일행이 서울로 올라온 직후, 주변 사람에 대한 단속을 더욱 확실히 했다.

수연은 잘 지내고 있었다.

다만 몇 번의 통화에서 느껴진 그녀의 목소리는 전과는 좀 달랐다.

자꾸 멀리 두려고 하는 현성의 말이 마음에 들지 않는 듯했다.

현성은 수연에게 모든 것을 알릴까 하는 생각도 했다.

차라리 남김없이 다 알려주고, 그녀가 받아들일 기회를 주는 게 어떨까 싶었다.

허나 수연의 성격상, 아마 그렇게 되면 어떻게든 더 현성의 곁에서 도우려 할 터였다.

냉정하게 말해서 수연이 곁에 있는 것은 도움이 되지 않았다.

오히려 사랑하는 사람을 잃을 수도 있는, 좋지 않은 선택이었다.

현성이 자신을 멀리 두려고 하는 마음이 느껴져서일까?

그녀를 위한 현성의 선택이었지만, 이를 알 리 없는 수연은 갈수록 현성에게 서운해하고 답답해했다.

그런 탓일까.

오늘 새벽에 있었던 통화에선 '오빠, 우리 잠시 각자의 시간을 가져볼까?' 하는 이야기를 꺼내기도 했다.

현성은 아니라고 하고 싶었다.

하지만 현실은 그래야만 했다.

지금 수연과 자신이 가깝게 지내는 것은 최악(最惡)의 수였다.

자신을 노리는 자들이 있다면, 첫 번째 타깃은 자신이 아닌 수연이 될 터.

현성은 그것을 용납할 수 없었다.

"후……."

현성이 창문 밖으로 보이는 거리를 바라보며 긴 한숨을 내쉬었다.

수연의 말에 현성이 꺼낸 답은 '그러자' 였다.

진심은 하나도 없는 말.

하지만 그녀를 위해 참기로 했다.

정유미 역시 잘 지내고 있는 모습이었다.

다만 아무것도 모르는 수연과 달리, 정유미는 무언가 심상치 않음을 느끼고 있었다.

그녀는 자신의 임시 거처로 쓰기로 한 오피스텔에서 최근 매스컴을 떠들썩하게 만든 보도 자료를 모두 수집, 정리하는 중이었다.

확실히 이상했다.

애초에 뱀파이어라는 존재 자체부터가 이상한 일의 시작이었지만, 그 뒤로 발생한 일도 정상적인 범주로 볼 일들이 아니었다.

번화가 한복판에서의 살인.

출동한 경찰마저도 살인을 서슴지 않았던 자들.

이런 사람들을 단지 '미치광이' 정도로 치부하기엔 상황이 너무나도 이상했던 것이다.

정유미는 이 모든 것을 생각함에 있어 상식이라는 것을 버리기로 했다.

상식이 존재해서는 상황을 객관적으로 볼 수가 없었다.

정유미는 어떤 가능성도 배제하지 않고 상황을 보았다.

자료들은 충분했다.

확보된 영상도 상당수였다.

포털 사이트를 통해 볼 수 있는 영상들은 99.9% 이상이 모자이크 처리되어 중요한 것을 볼 수 없었지만, 정유미는 그전에 미리 원본을 입수해 두었던 것이다.

영상 속의 살인마들은 뭔가 달랐다.

아주 잠깐이지만 정유미의 느낌상, 사람이 일반적으로 보일 수 있는 경지를 넘어서는 모습도 보인다고 생각했다.

그리고 그들의 눈빛에는 자신감이 있었다.

자신들은 뭔가 다르다는, 특별하다는 그런 눈빛이었다.

정유미가 생각하고 생각한 끝에 내린 결론은 뱀파이어부터 시작해서 이번 충장로 사건이나, 부산의 연쇄 강도, 살인사건의 범죄자들은 특별한 사람이라는 것이었다.

'능력자'라는 단어로 규정할 수는 없어도, 뱀파이어와 동일선상에 놓고 생각해야 한다고 여겼다.

어떻게 생겨난 존재인지는 알 수 없지만.

그 특별함을 인정하지 않고는 이해할 수 없는 돌연변이라는 생각이 들었던 것이다.

하지만 생각은 거기서 더 발전할 수 없었다.

입증할 방법도, 그들과 맞부딪힐 자신도 없었기 때문이다.

대신 궁금증은 쌓여만 갔다.

그렇다면… 과연 현성은 정말 모르고 있지만 불길한 예감이 들어 자신에게 피하라고 한 것일까, 아니면 저들의 존재와 그 위험성에 대해 예전부터 인지하고 있었던 것일까?

정유미는 후자에 가깝다고 생각했다.

그래서 현성과 연락해 보고자 했지만, 통 연락이 되지 않았다.

찾아간 따뜻한 뚝배기 한 그릇 본점에도 현성은 없었다.

상화에게 물어보니, 현성은 당분간 개인적인 일로 인해 출근이 힘들 것 같다고 했다는 것이다.

점점 더 쌓여가는 궁금증.

정유미는 우선 더 많은 자료를 모아보기로 했다.

기자로서의 육감.

그녀는 무언가 큰 일이 벌어질 것만 같은 생각이 들었다.

평범한 사람의 평범한 생각으로는 이해할 수 없을 것 같은 큰 일이.

곧 벌어질 것만 같았다.

*　　　*　　　*

쪼르르르.

빈 술잔에 소주가 채워지고.

반대편의 술잔에도 똑같이 소주가 채워졌다.

휘이이이이―

서늘한 밤바람이 불고 있는 공터.

인적은 없었다.

나무로 만들어진 의자 하나를 탁자 삼아 소주와 과자 쪼가리 몇 개를 올려놓은 두 남자는 말없이 서로를 바라보고 있었다.

"갑자기 이건 웬 노숙자 같은 술판이냐. 표정을 보니까 뭔가 진지하게 할 이야기가 있어 보이는데."

정유미가 들렀다 간 그 날 밤.

상화는 현성으로부터 연락을 받았다.

중요한 이야기를 하고 싶다는 현성의 말에 상화는 일이 끝나자마자 현성을 찾아왔다.

이틀 전에 현성이 개인적인 일 때문에 바빠지는 만큼, 당분간 매장 운영을 부탁한다는 이야기를 들었을 때는 사업 구상이라던가, 아이템 준비 등으로 그럴 수 있겠다는 생각은 했었던 상화였다.

현성에게 많은 부분에서 권한을 위임받았고, 상화는 멋지게 그 역할을 수행 중이었다.

자신에게 분에 넘치는 자리와 역할을 맡겨준 현성을 위해서라도, 몸이 가루가 되는 한이 있더라도 전력을 다하겠다고 마음먹었던 상화였기에.

더더욱 열심히 매장 일에 열중인 상화였다.

"예련 씨랑은 어때? 잘 지내냐?"

현성이 씨익 웃었다.

예전처럼 매장에 상주하고 있는 것은 아니었어도, 현성은 본점을 비롯한 각 매장이 돌아가는 상황은 계속 듣고 있었다.

당연히 차예련과 상화의 러브스토리도 현성의 귀에 들어갔다.

그 소식을 듣는 순간, 현성은 자신의 연애사가 아님에도 가습 두근거리는 감정이 생기는 것을 느꼈다.

자신이 가장 아끼는 친구와 다시 평범한 사람의 삶을 되찾은 여인이 사랑을 나눈다는 사실이 너무나도 뿌듯했기 때문이다.

"이제 손잡았다. 무슨 얘기를 바라냐?"

"바라는 게 있겠냐. 좋은 여자고, 너는 좋은 녀석이니까. 오래오래 사귀길 바라는 거지."

"걱정마라. 난 바람피우는 스타일도 아니고, 그럴 외모도 아니다. 너처럼 지나가기만 해도 여자들이 쳐다 볼 그런 외모가 아니라고."

"그 말이 아니잖냐."

"아무튼! 이제 열심히 진도 뺄 거야. 걱정 마, 임마!"

상화가 얼굴을 붉혔다.

차예련만 생각하면 가슴이 두근거리고, 입가에 미소가 절로 지어졌다.

한편으론 차예련처럼 너무나도 이쁘고 섹시한 그런 여자가 왜 자신과 사귀는지 의문이 들 정도이기도 했다.

사람들은 당연히 상화가 공을 들여 '작업'을 했을 것이고, 차예련이 그런 상화의 애정 공세를 이겨내지 못하고 받아들였을 것이라 말했다.

하지만 반대였다.

먼저 고백한 것은 차예련이었다.

상화가 자신의 감정을 차예련에게 솔직하게 말한 이후.

현성에 대한 마음을 정리한 차예련은 눈앞의 듬직한 남자, 상화에게 관심을 가졌다.

현성이 싫어서 마음을 포기한 것은 아니었다.

그가 어떤 사람인지를 알기에.

그리고 앞으로 얼마나 험난한 나날을 보내야 하는지 알기에 짐이 되고 싶지 않았던 것이다.

또한 자신을 좋아해 주고 아껴주고 싶어 하는 사람, 상화를 놓치고 싶지 않았다.

그래서 마음을 열었고, 적극적인 그녀의 성격에 맞게 상화에게 고백했다.

풋풋한 남녀의 사랑이 시작된 것이다.

"상화야."

"왜? 뭔 소리 하게? 괜히 불안하게 시리."

현성이 차분해진 목소리로 운을 떼자, 상화가 조심스럽게 현성을 바라보았다.

상화도 단지 자신의 연애사를 물어볼 생각으로 현성이 자리를 마련한 것은 아닐 것이라 여겼다.

중요한 이야기가 있을 터.

상화는 이내 진지한 표정으로 현성에게 눈빛을 기울였다.

"당분간이 될지, 얼마가 될지 모르겠지만. 당분간 네가 우리 프랜차이즈의 대표이사 대행을 해줬으면 해."

"…너 지금 술 먹었냐? 아니 술은 마셨지만, 취했냐?"

갑작스런 폭탄 발언이었다.

영업이사 정도야 가장 발품을 많이 팔아야 하는 직책이기도 하고, 딱 그 정도까지가 자신의 최대 능력이라고 생각했던 상화였다.

자신의 가치를 낮게 평가해서가 아니었다.

경험이 부족하다 여겼기 때문이다.

현장에서 더 많은 실무 경험과 데이터를 쌓아야, 그 상위 단계의 직책을 꿈꿔보고, 또 그에 걸 맞는 모습을 갖출 수가 있는 것이다.

"아니, 맨 정신이지. 네가 꼭 그래줘야만 하는 이유가 있어. 이건 부탁이지만, 동시에 날 위해서 꼭 해줬으면 하는 소원이기도 해."

"갑자기 왜? 이유나 들어보자. 왜 그런지 납득할 수 있는 이유가 있어야 될 것 아니냐."

상화는 한사코 안 된다고 하기 보다는 이유를 알고 싶었다.

현성에게 건강상의 큰 문제가 생기기라도 한 것일까?

영문을 알 리 없는 상화는 현성이 이런 중대한 결심을 하게 된 계기가 심각하게 느껴졌다.

"안 그래도 말해줄 생각이야. 지금부터 내가 하는 이야기들, 허무맹랑한 얘기로 치부하지 말고 잘 알아듣길 바란다. 물론 그럴 네가 아니지만."

"내가 언제 네 말을 가볍게 넘긴 적이 있었냐."

현성이 허언(虛言)을 하지 않는다는 것은 상화가 그 누구보다도 잘 알았다.

현성이 저 정도로 진지한 말을 계속하고 있다는 것만으로도, 상화는 이미 그의 결심이 확고하게 섰음을 느낄 수 있었다.

"난 당분간 일선에서 물러날까 해. 기본적인 원료 공급 같은 건 지금까지와 마찬가지로 진행할거야. 하지만 공식적인 업무에서는 병을 핑계로 잠시 휴식을 취하려고 해. 물론 정말 병이 있는 것은 아니고."

"왜?"

"내가 해야 할 일이 있으니까."

"해야 할 일?"

"응, 내가 없으면 할 수 없는 일이 있어."

"그게 뭔데? 내게는 말해줄 수 없는 그런 거냐?"

상화의 표정이 살짝 굳었다.

자꾸 알맹이를 빼고 말을 하니, 가늠하기가 쉽지 않았다.

상화는 본질이 궁금했다.

"싸워야 해. 뱀파이어들, 그리고 미치광이로 돌변한 살인마들… 그 모든 사람을 상대해야만 해. 그러기 위해선 난 내 주변의 사람이 위험에 빠지지 않도록 할 의무가 있어."

"그게 무슨 소리야. 그래, 뱀파이어 이야기는 나도 알아. 하지만 그런 놈들을 왜 네가 상대해? 대한민국의 군과 경찰이 있는데. 알아서들 잘할 거고, 우린 우리 일에 집중해야지."

"군인이나 경찰로는 할 수 없는 일이 있어. 그들은 평범한 사람들이 아냐. 그리고 나도……."

"응?"

말끝을 흐리는 현성.

"놀라지 마라."

"뭐가?"

자꾸 알 수 없는 말을 이어가는 현성의 모습에 상화가 이상함을 느끼는 그 찰나.

파앗!

"어!"

상화의 눈앞에서 현성의 모습이 사라졌다.

"뒤다."

그리고 목소리가 들려온 것은 상화의 등 뒤였다.

"……."

상화는 자신의 눈을 의심했다.

분명 자신이 본 것은 눈앞에서 사라진 뒤, 등 뒤에서 나타난 현성의 모습이었다.

소주잔이 몇 번 오가긴 했지만, 사리분별 못할 정도로 취한 것은 절대 아니었다.

파앗!

"이런."

그러는 사이, 뒤를 돌아보고 있던 상화의 시야에서 현성이 또 다시 사라졌다.

다시 나타난 곳은 방금 전에 있던 앞.

순식간 앞뒤를 오가는 현성의 모습에 상화는 등골을 타고 소름이 끼치는 기분을 느꼈다.

그리고 현성이 다음 행동으로 그런 상화의 생각에 종지부를 찍었다.

화르르르륵!

"아……."

현성의 손에는 붉은빛의 화염 구체가 들려 있었다.

언제든 거대한 불길로 변할 것만 같은 화염구가 현성의 손끝에서 놀고 있었다.

영화에서 '마법' 이라는 이름으로 불법한 것이 현성에게서 벌어지고 있었던 것이다.

"뱀파이어에 대한 이야기는 상화, 너도 잘 알고 있을 거다.

그리고 악의(惡意)를 가진 능력 있는 사람들이 언제든 모습을 드러낼 준비를 하고 있어. 블랙 네트워크… 너도 알 거야. 바로 그놈이 온갖 범죄의 온상이야. 내가 싸우고 있는 가장 큰 적이기도 하고."

"이걸… 믿어야 하는 거지?"

상화의 표정은 하나부터 열까지 놀라움의 연속이라는 표정이었다.

쉽게 이해한다면, 그것이 더 이상할 것이다.

"믿어줘야만 해. 네가 내 빈자리를 채워줘야 놈들과의 전쟁에 전력을 다할 수 있으니까."

"자, 잠깐만."

상화가 두 손을 앞으로 뻗었다.

생각을 정리할 시간이 필요했던 것이다.

정리하자면 이러했다.

현성은 능력을 지닌 특별한 존재다.

뱀파이어 역시 상식으로는 이해할 수 없는 존재이다.

그리고 블랙 네트워크에서 공공연히 언급하던 능력자도 허무맹랑한 헛소리가 아닌, 실제로 존재하던 자들이었다.

그들은 범죄를 저지르는 자들이고, 현성은 이들을 막으려는 정의의 편이다.

이제 그 전투가 점점 심화될 상황인 만큼, 자신의 도움을 필요로 한다.

이것이 상화가 이해한 현성의 뜻이었다.

머릿속이 띵—하며, 복잡해졌다.

방금 본 믿을 수 없는 광경을 받아들이는 게 가장 어려웠다.

하지만 그 누구보다도 현성을 잘 알고 있는 상화였다.

현성은 헛소리를 하지 않는다.

그가 보여주고 말했던 모든 것은 진실이었다.

눈속임이 아니었던 것이다.

"후우."

심호흡을 하고.

상화는 머릿속의 생각을 다시 한 번 정리했다.

그리고… 받아들였다.

친구가 자신의 도움을 그 여느 때보다도 필요로 하고 있다.

이를 마다할 이유도, 생각도 없었다.

"좋아, 그렇게 할게. 널 위해서라면 목숨이라도 바치겠다고 말했던 내가 아니냐. 전력을 다해, 네 뜻을 이룰 수 있게 돕는 멋진 친구가 되어야지."

"고맙다. 네게 큰 짐을 넘기는구나."

"아니, 너야말로 그동안 얼마나 힘들었을지 평범한 나로선 짐작조차 가지 않아. 어때……? 뱀파이어라는 녀석들. 그리고 블랙 네트워크의 작자들은."

"만만치 않아. 저들의 수는 압도적으로 많고, 우리는 게릴라전을 하듯 싸울 수밖에 없으니까. 하지만 우리도 호락호락하지 않으니 최선을 다해야겠지."

"현성이 너 역시, 최선을 다해 뜻하는 바에 전념해 줘. 나도 내 모든 것을 불살라 보마."

상화가 먼저 악수를 청했다.

그의 입가엔 어느새 미소가 감돌고 있었다.

친구에 대한 믿음.

그리고 친구를 대신해 모든 것을 원활히 해내겠다는 의지가 담긴 미소였다.

꾸욱―

현성 역시 상화의 손을 맞잡았다.

고마웠다.

쉽게 이해할 수 있는 이야기는 아니었을 것이다.

자신을 믿고 받아들여주지 않았다면, 애초에 대화조차 되지 않았을 이야기였다.

상화는 자신을 믿어주었다.

그리고 힘이 되어주기로 마음먹었다.

그렇다면 이제 그런 상화의 마음과 믿음에 보답해야만 했다.

즉, 더더욱 신정우와 그를 위시한 능력자 집단과의 전쟁에 사활(死活)을 걸어야만 하는 것이다.

[저희 따뜻한 뚝배기 한 그릇은 대표이사 겸 CEO 정현성 님의 건강상의 문제로 인해, 당분간 영업이사 이상화 님께서 이사대행직을 수행하시게 되었습니다. 대표이사님의 건강이 회복되는 대로 대행업무 체제는 종료될 것이며, 그전까지 이사대행 이상화 님의 관리 아래 빈틈없는 운영이 이어질 것임을 약속드립니다. 따뜻한 뚝배기 한 그릇은 언제나 여러분에게 열려 있습니다. 궁금하신 점이나 불만 사항 등등, 모든 것을 기탄없이 말씀해 주세요. 고객이 다가오기 전에, 먼저 다가가는 그런 기업이 되도록 최선을 다하겠습니다. 감사합니다.]

다음 날 아침.
따뜻한 뚝배기 한 그릇 공식 홈페이지에는 다음과 같은 공지 글이 게시됐다.
동시에 상화는 각 분점마다 전화를 걸어, 점주에게 현재의 상황을 빠짐없이 설명했다.
단순 통보만 해놓고 끝나서는 신뢰에 문제가 생길 수 있다고 판단한 상화의 생각이었다.

현성의 공백을 빠르게 메우고, 그 간극을 점주와의 스킨십으로 메우겠다는 상화의 판단은 성공적으로 먹혀들어갔다.

대표이사의 부재에 걱정스런 마음이 들 법도 했지만, 점주들은 오히려 대표이사보다 더 친근하고 가까웠던 영업이사 상화의 연락을 반기는 눈치였다.

상화는 각 점주들과 연락을 교환하며, 운영 상황이나 부족한 부분을 다시 한 번 점검했다.

현성은 상화에게 필요한 경우, 얼마든지 필요한 금액을 집행할 수 있도록 돈을 전해주기도 했다.

상황은 빠르게 수습됐다.

현성의 공백은 점주, 손님, 그 어느 누구도 느끼지 못하고 자연스럽게 상화의 임시 대행 체제로 흡수됐다.

동시에 현성은 원래 살던 옥탑방 역시 정리했다.

가장 힘든 시기를 함께해 왔던 옥탑방이지만, 이제는 언제 전장이 될지 모르는 핫스팟이기도 했다.

미리 봐두었던 원룸으로 둥지를 옮긴 현성은 계획했던 다음 플랜을 추진하기 시작했다.

그것은 바로 블랙 네트워크에 맞설, 공식적인 단체 하나를 만드는 일이었다.

*   *   *

"뭐하고 있냐?"

"뭐하고 있긴. 너 이거 봤냐? 백야 말이야."

"백야가 뭔데? 그 밤에도 낮처럼 하늘 밝은 거, 그거 얘기하는 거야?"

"아니, 임마. 사이트 말야. 이거 봐보라니까."

통학로에 위치한 모 PC방.

학생들이 삼삼오오 모여 모니터에 출력되는 무언가를 보고 있었다.

여기저기서 관심을 갖기 시작하자, 마치 전염병이 퍼져나가듯 그 근처 사람들의 시선도 쏠리기 시작했다.

"이거 블랙 네트워크 같은 거 아냐?"

그중에 누군가가 먼저 운을 뗐다.

블랙 네트워크.

처음에는 범죄자를 처단하는 심판자를 자처하며 나타난 곳이지만, 지금은 그 본질이 대단히 많이 변했음을 사람들은 잘 알고 있었다.

하지만 블랙 네트워크에는 자극적인 이야기가 항상 오갔고, 사람들은 어둡고도 무서운 느낌을 주는 블랙 네트워크의 분위기를 즐기기도 했다.

한데 지금 자신들이 보고 있는 사이트는 그런 블랙 네트워크의 구조를 쏙 빼닮은 그런 사이트였다.

이름은 백야.

그 대신 추구하는 목적이나 존재 이유 등을 적은 소개글이 블랙 네트워크와는 정반대였다. 아니, 애초부터 블랙 네트워크를 '저격'하기 위해 쓰인 글 같았다.

[지금까지 블랙 네트워크는 심판이라는 이름 아래, 자신들의 살인을 정당화시켜왔습니다. 블랙 네트워크는 오래 전부터 뱀파이어와 긴밀한 관계에 있었으며, 그들은 배후에서 뱀파이어의 흡혈을 위한 인간 사육을 묵인해 왔습니다.

능력 있는 사람을 모아 더한 악행을 하기 위한 도구로 삼았으며, 두려움을 만들어내기 위한 살인을 서슴지 않았습니다. 블랙 네트워크의 추악한 본질을 세상에 더욱 널리 알리고, 그들의 악행을 막기 위해 '백야'라는 이름 아래 다음과 같은 홈페이지를 만들게 되었습니다.

그들은 사회악입니다. 그들의 살인이 '심판'이라는 말과 전혀 동떨어진 것이었음을 잘 알고 계실 것입니다. 하지만 그들이 만들어낸 두려움, 공포로 인해 직시하실 수 없었을 것입니다.

저희가 맞서 싸우겠습니다. 우리는 백야라는 이름 아래 하나로 뭉쳐, 블랙 네트워크라는 이름을 걸고 세상을 공포에 몰아늑고 있는 '블랙'을 처단하겠습니다. 목숨을 아끼지 않겠습니다.

지금이라도 블랙 네트워크에 소속된 사람 중, 자신의 행동을 후회하거나 빠져나오고 싶은 사람이 있다면 언제든 저희에게 연락 주십시오.

여러분! 어두운 밤, 보이지 않는 어딘가에서 저희가 항상 싸우고 있음을 알아주시기 바랍니다.]

"오오오⋯⋯."

학생들이 자신도 모르게 탄성을 터뜨렸다.

백야 홈페이지는 블랙 네트워크의 악행을 알리는 다양한 컨텐츠로 채워져 있었다.

파밍 현장이나 파밍이 벌어졌던 아지트의 모습 등을 비롯한 뱀파이어의 활동 영상도 고스란히 담겨 있었다.

그중에는 강민이 뱀파이어 내부에 심어둔 정보원이 보낸 영상들도 꽤 있었다.

그 영상 중에는 뱀파이어들이 공공연하게 블랙 네트워크를 언급하며, '블랙'의 비호(庇護)를 받고 있음을 언급하는 내용도 있었다.

사람들은 경악했다.

인과 관계가 없는 모함이 아닌 증거 자료가 충분한 주장이었기에 가볍게 받아들여지지 않았던 것이다.

백야 홈페이지는 순식간에 수많은 네티즌에게 알려지며, 유명세를 타기 시작했다.

블랙 네트워크 열풍과 똑같은 흐름이었다.

정의의 사도가 등장했다—!

네티즌들은 그렇게 말을 하곤 했다.

블랙 네트워크의 존재 이유, 행동에 의문을 가졌던 유저들은 백야 홈페이지로 몰리기 시작했다.

그리고 자신들 나름대로 생각하고 정립했던 블랙 네트워크의 문제에 대한 이야기들을 성토했다.

문을 연지 단 하루만에 100만이 넘는 폭발적인 방문자수를 기록하며 이슈가 된 백야.

반면에 블랙 네트워크는 사이트를 떠나겠다는 방문자의 인사글로 가득 채워졌다.

내심 블랙 네트워크의 살인 행각에 동조하고 있단 생각이 들었던, 일종의 '죄책감'을 가지고 있던 유저들은 썰물처럼 빠져 나갔다.

24시간 만에 이뤄진 전세 역전.

사람들은 블랙 네트워크에 '블랙'이 있듯이, 백야의 리더는 누구인지 궁금해했다.

사이트를 둘러보고, 영상을 찾아봐도 짐작할 수 있는 상대는 없었다.

철저히 베일에 감춰진 그들.

하지만 사람들은 백야의 실체를 밝혀내려 하지 않았다.

블랙 네트워크와 맞서 싸우는 사람이라면, 오히려 그 어느 누구도 알 수 없는 사람이어야 한다고 성토했다.

누군지 알아도 말하지 말자.

숨겨줘야 할 일이 생기면 꼭 숨겨주자.

사람들은 백야의 편에 서서, 흉흉한 세상 분위기 속에 어두워져 가고 있는 현실을 빛으로 바꿔주길 바랐다.

*　　　*　　　*

"재밌군요."

"너무 무법천지여도 재미없지 않습니까. 상대할 놈이 있어야 싸울 맛도 나는 것이고."

"백야… 이름 한 번 거창하군."

신정우의 개인실.

그 안에는 신정우를 제외한 두 사람이 있었다.

바로 블랙리스트의 리더 신상현과 충장로 학살 사건을 일으킨 장본인 김도원이었다.

이야기는 끝났다.

이제 신상현의 조직과 김도원의 조직은 블랙 네트워크라는 이름 하나로 합쳐졌다.

거처는 마련되어 있었다.

뱀파이어 조직이 은신처로 쓰던 몇 개의 아지트를 확보한 것이다.

"감히 도전장을 던졌다, 이거지."

신정우는 백야의 등장에 심기를 불편해하는 눈치였다.

어차피 블랙 네트워크라는 홈페이지를 이용해 무슨 사업을 하려고 했던 것도 아니고, 사람들의 이탈에 일희일비하는 것도 아니었다.

다만 자신에게 본격적으로 반기를 들었다는 것이 마음에 들지 않았다.

백야의 주체가 누군지는 알고 있었다.

바로 정현성.

신정우는 이제야 정현성과 '그놈'의 연결 고리가 어느 정도 맞춰졌다고 생각했다.

그놈이 어떻게 능력을 얻었는지는 알 수 없었지만, 자신과 이토록 지독한 악연으로 꼬일만한 놈은 또 현성밖에 없었다.

신정우는 현성에 관련된 뒷조사를 모두 끝낸 상태였다.

따뜻한 뚝배기 한 그릇, 오인오색의 CEO.

하지만 최근 일선에서 물러난 뒤, 종적이 묘연했다.

주변 인물이나 본점 직원에게 미행을 붙여봤지만, 현성과 연결되지는 않았다.

신정우가 수단과 방법을 가리지 않기는 했어도, 매장 직원 따위의 잔챙이를 상대해가며 현성을 쫓을 생각은 없었다.

마음만 먹으면 놈들을 죽여 버리는 것은 일도 아니다.

하지만 지금 충동적으로, 먼저 해야 할 일은 아니었다.

어차피 놈은 나타날 것이다.

이제 공개적으로 자신에 대한 적대 의사를 밝혔으니 만날 날도 머지않았다.

김성희는 여전히 백치인 상태 그대로였다.

조형사로서 그녀의 재능은 아쉬웠지만, 딱히 미련이 남거나 그녀 때문에 현성에 대한 분노를 느끼지는 않았다.

신정우는 확신하고 있었다.

놈을 쓰러뜨리면 모든 것이 끝난다.

이미 몇 개월이 흘렀다.

자신의 대항마라 할 만한 조직들은 알아서 자신의 휘하(麾下)로 들어왔다.

남은 것은 현성과 그를 위시한 백야라는 조직이 전부였다.

놈들만 부수면 끝나는 것이다.

"다들 준비는 어떻지?"

"저희는 항상 스탠바이 아니겠습니까. 명령만 내려주시면 원하는 지역은 초토화입니다, 형님."

김도원이 혀를 날름거리며 말했다.

신상현이 훈남을 연상케 하는 세련된 이미지라면, 김도원은 괴짜 이미지가 강했다.

깊게 그린 아이라인.

웬만한 여자보다도 두껍게 얼굴에 바른 파운데이션.

짙은 향수 냄새.

일반적인 남자의 모습이라고 하기엔 거리가 멀었다.

김도원과 그의 조직의 특징은 민첩성과 반응속도였다.

충장로 사건 당시, 경찰이 고전했던 이유도 그들이 상식을 뛰어넘는 움직임과 반응으로 경찰들의 총격(銃擊)을 피했기 때문이다.

신정우는 김도원과 그의 조직을 뱀파이어 조직과 연계시키기로 했다.

뱀파이어는 좋은 방패막이다.

밤이 되면 참을 수 없는 흡혈 욕구에 미쳐, 거리를 활보하고 다닌다.

아지트가 초토화되면서 파밍 작업이 끊긴 이후, 뱀파이어들은 다시 거리로 나왔다.

사실상 컨트롤 타워였던 김성희가 백치가 되면서, 뱀파이어 집단 자체가 신정우에게는 골칫거리가 된 상황이었다.

리더들 대다수가 죽임을 당한 마당에 자신이 총대를 메고 나서겠다는 놈도 없었다.

그러다보니 뱀파이어들은 개별적으로 움직이고 있었다.

때문에 관리가 수월치 않았다.

몇 번 개편을 시도해 봤지만, 여의치 않았다.

그만큼 현성이 뱀파이어 조직에 먹인 타격이 상당했다.

처음에는 몰랐지만, 시간이 흐르면서 신정우는 현성이 만들어낸 나비효과에 감탄하는 중이었다.

애물단지로 전락한 뱀파이어들.

하지만 여전히 쓰임새는 충분했다.

개체도 많았다.

그렇다면 차라리 김도원이 뱀파이어 조직을 관리하게 하면서, 필요할 때 대규모로 움직일 수 있도록 조치하면 시너지 효과가 상당할 듯싶었다.

"서울에 여전히 뱀파이어 조직 대다수가 남아있는 것은 알고 있겠지?"

"물론입니다. 잘 알고 있습니다."

"그 조직들을 관리할 수 있겠나? 너희들이 뛰어놀기에는 그 녀석들만큼 괜찮은 총알받이도 없을 텐데."

"제게 관리할 수 있는 권한을 주신다는 겁니까?"

"동의한다면."

김도원의 물음에 신정우가 고개를 끄덕였다.

그러자 김도원의 얼굴에 화색이 돌았다.

"저야 환영입니다! 클클클, 뱀파이어라면… 정말 좋은 방패들 아닙니까. 어차피 피만 쥐어주면 어디로든 영혼을 팔아갈 녀석들인데요, 클클클!"

쩝—

김도원이 입맛을 다셨다.

사람의 피맛은 비리다.

그런데 뱀파이어들은 피맛을 보면 그토록 달콤할 수 없다고들 한다.

김도원은 한때 잠시나마 자의로 뱀파이어가 되어보고 싶다는 생각도 했었다.

하지만 그래서야 낮에는 사람을 죽일 수 없잖은가?

그것 때문에 뱀파이어에 대한 관심을 끊은 것이 이 미치광이 살인마 김도원이었다.

"그럼 그렇게 처리를 하는 것으로 하고."

신정우가 빠르게 결정을 내렸다.

그리고 줄곧 김도원에게 고정되어 있던 시선을 이번에는 신상현에게로 향했다.

블랙리스트의 리더, 신상현.

그는 뱀파이어다.

하지만 다른 뱀파이어와 어울릴 생각은 전혀 없는 것 같았다.

그는 뱀파이어 특유의 본질이기도 한 뛰어난 재생, 치유 능력을 가지고 있었다. 뱀파이어가 가질 수 있는 능력을 모두 각성한 특별한 케이스였다.

대다수의 뱀파이어들이 자가 재생 능력이 부족하거나 오랜 시간을 필요로 하지만, 신상현은 당장에 팔이 잘려나가도 단 몇 초만에 자신의 팔을 재생시킬 수 있었다.

물론 그만큼 더 많은 피의 흡혈로 보충을 해야 했지만, 어쨌든 흡혈만 원활히 이루어진다면 몇 번이고 잘린 신체 부위를 재생시킬 수 있었다.

이를 바탕으로 근력(筋力)의 활용도를 극대화시킨 신상현은 그야말로 걸어 다니는 전차와도 같았다.

뱀파이어라는 점만 제외한다면 김성희를 구했던 정철과 비슷했다.

"대외적으로 움직이는 일은 도원이가 하게 될 것이고, 상현이 네가 할 일은……."

"예."

신상현이 차분히 신정우의 말을 받았다.

"사회적으로 명망이 높은 자, 혹은 그와 관련된 조직이나 기업을 노리는 일이지. 이제 우리에게 반대하거나 혹은 방해가 되는 모든 것이 사라질 거다. 세상이 우리의 힘에 굴복하고, 우리의 뜻을 따를 때까지 멈추지 않을 일이지. 지금 내가 당장 죽어도 이상할 것 같지 않은 두려움, 그 두려움을 만들어내는 것이 네 목표다."

"후후, 나쁘지 않군요."

신상현의 한쪽 입꼬리가 말려 올라갔다.

강도, 폭력, 강간, 살인 등으로 얼룩진 신상현과 그 동료들의 삶.

고양이에게 생선을 맡기듯, 하늘은 어찌된 일인지 자신들에게 엄청난 능력을 부여해 주었다.

이제는 거리낄 것이 없었다.

신정우는 자신의 뒤를 봐줄 유능한 조력자였다.

그와 직접 실력을 겨뤄보지 않더라도, 그의 뒤에 숨겨진 엄청난 힘을 신상현은 느끼고 있었다.

신상현은 셈이 빨랐다.

냉정하게 말해서 자신이 전면에 나서기 보다는 신정우와 블랙 네트워크의 이름을 빌려 움직이는 것이 나중을 위해서도 좋았다.

신정우의 이용가치가 떨어지면… 언제든 그를 버릴 수 있는 것이고, 더 강한 자가 나타나면 노선을 바꿀 수도 있는 것이다.

신상현은 미래까지 안배하며 신정우의 곁에 붙었고, 신정우는 신상현을 이용해 자신의 목적을 달성하려 했다.

동상이몽.

하지만 지금은 바라보는 미래와 목적이 같으니, 거리낄 것이 없었다.

"생각해 두신 곳이 있으십니까?"

신상현이 물었다.

"사회적으로 가장 큰 파급력을 가진 것이 무엇일까 생각하면, 역시 답은 하나지. 매스컴. 그들은 자극적인 이야기를 확대, 재생산하기를 좋아하지. 그렇다면……."

"어렴풋이 짐작이 가는군요."

"이왕 맡게 된 악역이라면, 화끈하게 피를 묻히는 것도 좋지 않겠나?"

"그렇습니다."

"흐흐흐."

신상현이 고개를 끄덕이자, 옆에 있던 김도원이 더욱 기괴스런 웃음소리를 냈다.

"민중의 지팡이가 언제까지 자신의 곁을 지켜줄 수는 없다는 사실을 체감할 때가 됐다. 목표는 경찰서다."

"후후후."

신상현의 두 눈이 붉은빛으로 빛났다.

신정우에게서는 그 여느 때보다도 강한 살기가 뿜어져 나왔다.

이제 베일에 가려진 삶은 끝났다.

남은 것은 세상에 보란 듯이 나서는 것뿐.

"날짜는."

"예."

"월요일로 하지. 돌아오는 월요일, 지금으로부터 사흘 후. 그 날을 우리의 '검은 월요일' 로 한다."

"좋은 명칭이군요. 검은 월요일."

신상현이 만족스런 표정을 지었다.

김도원은 벌써부터 몸이 근질근질한지, 몸을 이리저리 움직이며 공격과 방어 자세를 취해보고 있었다.

*　　　*　　　*

"이건 또 뭔데? 이건 또 뭐야. 진짜야?"

새로 등장한 단체, 백야에 사람들의 관심이 쏠려있을 무렵.

비가 추적추적 내리던 금요일 밤.

블랙 네트워크에는 대문짝만한 공지 글 하나가 올라왔다.

어떤 페이지를 누르더라도 항상 보이도록 만들어진 공지 글은 검은 바탕에 붉은 글씨, 보기만 해도 두려움을 불러일으키는 그런 색으로 꾸며져 있었다.

읽는 사람마다 표정이 차갑게 굳었다.

내용은 처음부터 끝까지, 읽는 사람으로 하여금 공포에 떨게 만드는 이야기뿐이었다.

[우리는 얼마 전, 부산과 광주 일대에서 활약하던 좋은 동료들을 얻었다. 그들의 수는 상당하며, 우리는 그들과 조직을 하나로 합침으로써 더 강력한 하나의 단체로 거듭나게 되었다.

알려진 대로 우리가 뱀파이어와 연계되어 있는 것은 맞다. 우리는 남들이 범접할 수 없는 엄청난 힘을 가진 집단이 되었고, 이제 우리를 막을 수 있는 것은 없다.

우리의 본래 목적대로, 사회에서 심판받아야 마땅한 자들을 처단하겠다는 의지에는 변함이 없다. 단, 몇몇 악의적인 세력의 조작에 의해 본질이 왜곡되고 있고, 많은 사람들이 현혹되고 있음은 안타까운 일이다.

우리는 엄중히 경고한다. 블랙 네트워크의 이름으로 완벽하게 질서가 잡히고, 악의적인 세력의 장난질에 사회의 균형이 무너지는 것을 막고자… 더 강한 힘을 보여줄 생각이다.

아군(我軍)이 되고 싶다면 우리의 이름, 우리의 뜻에 알맞게 검은 옷을 차려입어라. 그게 아니라면 마음대로 해도 좋다, 물론 그 대가를 치를 준비는 해야겠지만. 악에 동조한 자들의 최후가 어떤 것인지 보여주겠다.

돌아오는 월요일 자정.

세상은 달라질 것이다.

우리의 뜻을 따르고, 동조한다면… 그 믿음을 보여주어라. 우리는 그렇지 않은 악의 무리만을 처단하고 심판할 것이다.]

사람들은 경악했다.

이미 블랙 네트워크의 본질을 깨달은 사람들은 그들의 말이 완벽한 협박임을 보는 순간 느꼈다.

심판받아야 마땅할 자를 처단한다는 거짓된 슬로건에는 속지 않았다.

목적은 살인의 정당화였다.

죽고 싶지 않으면 검은 옷을 입고, 블랙 네트워크의 일원인 양 행세하라는 것이었다.

검은 옷을 반드시 입어라.

입지 않은 자는 악에 동조한 자이므로 죽인다.

이 간단한 논리가 얼마나 무서운 것인지 모를 리 없었다.

의외로 매스컴의 반응은 조용했다.

그저 협박 정도일 것이라고 생각했다.

블랙 네트워크에서 몇 개의 살인 영상 등이 올라왔던 것은 사실이지만, 그 주체가 모습을 드러냈던 적은 단 한 번도 없었기 때문이다.

새로이 올라온 공지 글의 내용대로라면, 이제 그들이 세상에 모습을 드러내겠다는 것이었다.

케이블 방송사의 시사 관련 프로그램에서는 오히려 블랙 네트워크의 구성원이 수면 위로 모습을 드러내면, 그동안에 지은 죗값을 물어 일거에 체포, 엄단해야 한다는 주장을 하는 전문가도 있었다.

하지만 심상찮은 분위기를 감지한 사람들의 반응은 언제 어떻게 죽을지 모르고 불안해하는 것보다는 검은 옷이라도 입어 위험을 방지하는 게 낫지 않겠냐는 게 대다수였다.

뜨거운 찬반 여론이 일었다.

개개인의 안전을 위해 검은 옷을 입는 것만으로 예방을 하면 된다는 의견과 악행을 정당화하려는 세력에게 힘을 실어 주는 행동을 해선 안 된다는 의견이었다.

하지만 불특정 다수의 커뮤니티에서 오고가는 대화는 지극히 소모적이고 의미 없는 것이었다.

온라인상의 공간에서, 그리고 인기가 다소 사그라진 블랙 네트워크에 올라온 글이었기 때문일까?

생각보다 관심은 빠르게 사그라졌다.

설마… 라는 생각이 대부분이었다.

최근 경찰의 행보가 과연 우리의 안전을 지켜줄 수 있을까 생각하게 만들기는 했어도, 설마 뜻에 맞지 않는다고 사람을 무차별적으로 죽이는 일을 두고 보고만 있을까 싶었다.

당연한 믿음이었다.

충장로 사건은 그저 미친놈들이 모인 단체의 단발적인 소행일 것이라 생각했다.

경찰이 두 눈을 부릅뜨고 존재하고 있는데, 그런 미친 짓을 또 할 리가?

사람들은 고개를 저었다.

최근 들어 비정상적인 일의 연속이었지만 그래도!

이건 현실이 되지 않을 것이라 믿었다.

시간이 지나고.

일요일 밤, 23시 59분 59초가 될 때까지.

아무런 사건 사고도 없었다.

그 1초를 채우고 나도, 아무 일도 없을 것이라 생각했다.

그리고.

딸깍—

모든 이들의 시간이 월요일 0시 0분 0초로 바뀌던 바로 그때.

"꺄아아아악!"

서울.

신촌의 길거리 한복판에서 한 여인의 비명 소리가 터져 나왔다.

『컨트롤러』 6권에 계속…

FANATICISM HUNTER

광신사냥꾼

류승현 판타지 장편 소설

FANTASY FRONTIER SPIRIT

「블레이드 마스터」의 류승현 작가가 펼쳐내는
판타지의 새로운 신화!

마도대전을 승리로 이끈 유리언 대륙의 영웅,
최강의 아크 메이지 제온!

그러나 '세상의 섭리'에 아내와 아이를 빼앗기는데…….

『광신사냥꾼』

만약 그것이 정말로 세상의 섭리라면,
그마저도 무너뜨리고 말리라!

복수를 위한 제온의 위대한 여정이 시작된다!

Book Publishing CHUNGEORAM

유행이 아닌 자유추구
WWW.chungeoram.com

The Record of Dragon's Return
재중 귀환록
푸른 하늘 장편 소설
FUSION FANTASTIC STORY
『현중 귀환록』, 『바벨의 탑』의
푸른 하늘 신작!
이계를 평정한 위대한 영웅이 돌아왔다!
어느 날 갑자기 찾아온 부모님의 죽음.
그리고 여동생과의 생이별.
모든 것을 감당하기에 재중은 너무 어렸다.
삶에 지쳐 모든 것을 포기할 때, 이계에서 찾아온 유혹.
"여동생을 찾을 힘을 주겠어요.
…대신 나를 도와주세요."
자랑스러운 오빠가 되기 위해!
행복한 삶을 위해!
위대한 영웅의
평범한(?) 현대 적응이 시작된다!
Book Publishing CHUNGEORAM
유행이 아닌 자유추구 -
www.chungeoram.com

HERO 2300

FUSION FANTASTIC STORY

영웅2300

말리브 장편 소설

「도시의 주인」 말리브 작가의
특급 영웅이 온다!
『영웅2300』

돈 없는 찌질한 인생 이오열,
잠재 능력 테스트에서 높은 레벨을 받았지만

"젠장, 망했어! 되는 일이 하나도 없어!"

하필이면 최악의 망캐 연금술사가 될 줄이야!

그러나 포기란 없다.

**최악에서 최고가 되기 위한
오열의 이야기가 시작된다!**

Book Publishing CHUNGEORAM

Sanctum
생텀

이영균 판타지 장편 소설

FUSION FANTASTIC STORY

취재 현장에서 맞닥뜨린 녹색 괴물.
그리고 무혁은 한 번 죽었다.

죽음에서 깨어난 무혁에게 다가온 것은
숨겨졌던 이세계, 생텀의 존재였다!

현대에 스며든 악신 투르칸의 잔인한 손길.
생텀에서 온 성녀 후보 로미와 도멜 남작을 도우며
무혁의 삶은 점차 비일상에 접어드는데……

이계와의 통로는 과연 우연인 것인가?
생텀(Sanctum)의
진정한 의미를 찾아라!

Book Publishing CHUNGEORAM

유행이 아닌 자유추구
WWW.chungeoram.com

말년병장, 이등병 되다!

에바트리체 장편 소설

FUSION FANTASTIC STORY

대한민국 남자라면 알고 있을 바로 그 이야기!

『말년병장, 이등병 되다!』

전역을 코앞에 둔 말년병장, 이도훈.
꼬장의 신이라 불리던 그가 갑자기 훈련병이 되었다?!

"…이런 X같은 곳이 다 있나!"

**전우애 넘치는 군인들의
좌충우돌 리얼 군대 이야기!**

Book Publishing CHUNGEORAM

유행이 아닌 자유추구 -
WWW.chungeoram.com

FANATICISM HUNTER

광신사냥꾼

류승현 판타지 장편 소설

FANTASY FRONTIER SPIRIT

「블레이드 마스터」의 류승현 작가가 펼쳐내는
판타지의 새로운 신화!

마도대전을 승리로 이끈 유리언 대륙의 영웅,
최강의 아크 메이지 제온!

그러나 '세상의 섭리'에 아내와 아이를 빼앗기는데⋯⋯.

『광신사냥꾼』

만약 그것이 정말로 세상의 섭리라면,
그마저도 무너뜨리고 말리라!

복수를 위한 제온의 위대한 여정이 시작된다!

Book Publishing CHUNGEORAM

유행이 아닌 자유추구-
WWW. chungeoram.com